지금 힘든 당신,
책을 만나자!

지금 힘든 당신, 책을 만나자!

황상열 지음

바이북스
ByBooks

모든 게 끝났다.

대학에서 도시공학(도시계획)을 전공한 나는 같은 직종의 회사
에 졸업 전 취업하면서 사회생활을 시작했다. 일은 재미있었지만,
계속되는 야근 및 밤샘 근무, 회식 등으로 하루를 보냈다. 주어진
업무를 해내고 월급을 받았다. 살아가고 있었지만, 텅 빈 것 같았
다. 친구를 만나 술자리를 가질 때마다 신세 한탄이 늘어갔다. 회
사 일을 제외하고는 '나의 인생'에 대해 깊이 생각할 만한 마음의
여유가 없는 탓이었다.

미래에 대한 비전이나 목표도 없이 주어진 업무만 처리하기에
급급했다. 그렇게 시간만 보내면서 말 그대로 나는 '살아가고' 있
을 뿐이었다. 2009년 미국 서브프라임 사태가 터졌다. 회사 사정
이 어려워지고 월급이 밀리기 시작하면서부터 무기력한 마음까

지 더해졌다.

하루하루가 짜증 나는 일뿐이다.

나는 누구를 위해, 무엇을 위해 이렇게 허겁지겁 살아가고 있는 걸까.

불평과 불만, 의미 없는 술자리, 지각과 무단결근, 임금체불, 첫 회사 파산을 시작으로 여러 번 이직을 하게 되었다. 직장을 옮길 때마다 다시 이런 일이 없도록 다짐했지만, 서툰 감정조절과 여린 마음으로 그만두고 옮기길 반복했다.

서른다섯 되던 해에 구조조정을 당했다. 새로 일을 추진하던 개발사업 비용을 잘못 계산하게 되었다. 대표이사를 모시고 그 잘못된 검토서로 발주처에 가서 보고했다가 톡톡히 망신을 당했다. 돌아오는 길에 고개를 숙이고 있는 나에게 잔뜩 화가 나신 대표이사는 딱 한마디만 던졌다. 이제 넌 해고야…!

　머리로는 상황이 이해가 되었으나, 아직 마음으로 이 현실을 받아들이기가 힘들었다. 집으로 돌아와 아내에게 웃으면서 회사를 그만두게 되었다고 이야기했다.

　"괜찮아…"

　위로해주는 아내에게 참 미안했다. 회사를 마지막으로 나오는 날 아침 아내가 점심 도시락을 싸주었다. 그 시기에 정말 입맛도 없어서 끼니를 제대로 챙기지 않았다. 모두 나간 사이 혼자 회의실에서 도시락을 꺼냈다. 뚜껑을 열고 숟가락을 들어 밥을 먹기 시작했다. 숟가락 아래로 자꾸 뭔가가 흘렀다. 도시락 안으로 자꾸 흘러내렸다. 숟가락으로 한방울씩 눈물이 떨어졌다. 밥을 반쯤 먹다가 숟가락을 내려놓고 펑펑 울었다. 왜 이렇게 되었을까? 자신이 너무 못나고 초라하게 느껴졌다. 이날 먹은 점심은 내 인생의 가장 슬픈 밥상이었다.

해고 이후 생활고까지 겹쳐 힘든 시간의 연속이었다. 가장으로서 책임을 다하지 못한 괴로움과 우울증으로 두통과 장염이 심해지고, 아내에게도 미안한 마음뿐이었다. 몇 달간 집에만 처박혀 지냈다. 죽고만 싶었다. 모든 것이 불투명했고, 할 수 있는 일이 없다는 생각만 계속 되니까 견디기가 더 힘들어졌다. 살아야 했다. 어떻게든 위기를 극복해야만 했다.

책은 사람의 인생을 변화시킬 수 있다!

어릴 적부터 책을 좋아했다. 힘들 때마다 책에서 답을 찾곤 했다. 과거 기억이 떠올랐고, 나는 무심결에 다시 책을 읽기 시작했다. 결론은 '책 속에 항상 답이 있다. 어려울 때마다 책은 길잡이가 되어 주었다. 다시 한번 독서를 통해 자신을 한 번 더 돌아보면서 천천히 답을 구해보자'는 것이었다. 2013년 여름이었다.

그때부터 책에 파묻혀 살았다. 불과 2년. 나는 수백 권 책을 읽었고, 바로 이것이 내 인생의 변곡점이 되었다. 책 속에 담긴 사람들의 이야기를 읽으며 내 자신을 돌아보았다. 어떻게 살아야 할지 생각했다. 외부를 향한 투덜거림이 내면을 향한 성찰로 바뀌었다. 당장 문제를 해결하는 것도 중요했지만, 그보다는 '할 수 있다'는 자신감이 생겨난다는 사실이 나를 더 기쁘게 했다.

'내가 겪은 일들을 바탕으로 누군가를 도울 수도 있겠다!'

책을 쓰고 싶다는 꿈이 생겼다. 작은 끄적거림은 독서노트와 일기로 이어졌고, 그렇게 소소한 글을 쓰는 동안 마음은 더할 나위 없이 편안해졌다.

펜을 들었다. 독서를 권하고 싶었다. 나의 경험으로 인해 누군

가 책을 읽게 되기를 소망한다. 책이 인생을 변화시킬 수 있다는
믿음이 널리 전해지길 바라본다.

2020. 4

저자 황상열

차 례

1장

책 속에
모든 답이 있었다

다시 만난 책들

다시 서점으로

다시 독서를 하기로 결심하고, 바로 광화문 교보문고로 향했다. 평일 오전이라 매장에 사람은 그리 많지 않았다. 우선 자기계발서 코너로 갔다. 일단 무너진 내 마음을 다잡는데 자기계발서 만큼 좋은 장르는 없다고 판단했다. 매대에서 처음 눈에 띈 책이 김난도 교수의 《아프니까 청춘이다》였다. 마음이 많이 아팠나 보다. 그 많은 책들 중에 제일 먼저 보였다. 책을 집어 펼친 후 한줄씩 천천히 읽기 시작했다. 사실 이 책은 20대 젊은이를 위해 교수로 재직중인 저자가 쓴 치유 에세이다. 30대 중반이었던 나와는 잘 맞지 않을 것 같았지만, 해고로 인해 지치고 힘든 내 마음을 단숨에 어루만져 주었다.

"나는 너무 늦었어! 라고 단정지으려는 것은, 사실의 문제가 아니라 자기기만의 문제다. 혹시라도 포기나 좌절의 빌미를 스스로 만들어서는 안된다. 그대, 아직 이르다. 적어도 무엇이든 바꿀 수 있을 만큼은. '인생에 너무 늦었거나 혹은 너무 이른 나이는 없다'"

"친구들은 승승장구 하고 있는데. 그대만 잉여의 나날을 보내고 있는가? 잊지말라. 그대라도 계절은 따로 있다. 아직 그때가 되지 않았을 뿐이다. 그대, 언젠가는 꽃을 피울 것이다."

《아프니까 청춘이다》에서 가장 기억에 남는 구절이다. 읽으면서 눈이 촉촉해진다. 감성적인 사람이다 보니 그동안 참고 힘들었던 감정이 폭발했나 보다. 마음에 박히는 구절이 나오면 천천히 정독했다. 시계를 보니 서점에 온 지 벌써 한 시간이 지났다. 《아프니까 청춘이다》를 통해 내 마음이 위로와 치유가 되는 느낌이었다. 오랜만에 책을 들고 읽으니 학창시절 또는 군대시절에 힘들고 지칠 때마다 독서로 극복했던 기억도 같이 나면서 기분이 상쾌해졌다.

현재 내 상황에 도움이 될 만한 책을 또 찾기 시작했다. 눈에 띈 책이 일본작가 오구라 히로시의 《서른과 마흔 사이》였다. 그 당시

35살이었으니 제목처럼 딱 30대와 40대 중간에 속했다. 왠지 제목처럼 30대 중반의 나에게 큰 도움이 될 것 같았다. 선택은 탁월했다. 이 책을 읽기 전까지만 해도 35살이 넘어서도 자리를 잡지 못하면 앞으로 남은 인생은 암울하다고 판단했다. 하지만 프롤로그와 목차를 보면서 이 책이 앞으로 내가 어떻게 해야 난관을 헤쳐나갈 수 있을지 가르침을 얻을 수 있다고 자신했다.

《아프니까 청춘이다》와 《서른과 마흔 사이》 책을 구입하고 밖으로 나왔다. 오랜만에 가슴이 뛰는 것을 느꼈다. 다시 책을 읽으면서 직면한 문제의 답을 찾을 수 있는 희망이 보였기 때문이다. 집에 가는 도중에 동네 도서관에 오랜만에 들렀다. 많은 책들이 꽂힌 서가들이 보인다. 자기계발서 코너부터 둘러보았다. 이지성 저자의 《꿈꾸는 다락방》등 도움이 될 만한 책들이 눈에 많이 들어왔다. 다른 책을 빌리기 전에 일단 서점에서 샀던 두 권의 책을 도서관에서 마저 읽기 시작했다. 본격적으로 다시 독서에 돌입했다.

다시 책에서 답을 찾자

어렸을 때는 지적인 욕구를 충족하고 그저 읽는 게 좋아서 책을 읽었다. 30대 중반 시절은 어려운 인생 문제를 해결하고 변화를 이끌어내기 위한 생존독서를 하게 되었다. 단순히 지식추구와는 다르게 정말 인생을 바꾸고 싶어 철저하게 책을 통해 적용했다. 우선 다시 돈을 벌어야 했다. 집에 돌아와 일자리를 구하기 위해 이력서를 업데이트했다. 조건이 맞는 회사를 찾을 때마다 모조리 지원하기 시작했다. 지인 몇 분에게 전화를 걸어 남는 일자리가 있는지 부탁했다. 육아와 집안일을 하는 아내를 다시 도와주기 시작했다. 그 외 모든 시간은 책을 읽는데 투자했다. 하루에 한 권은 읽자 라는 생각으로 책을 폈지만 쉽지 않았다. 그래도 책을 다시 만나게 된 자체만으로 좋았다. 우선 1~2 페이지라도 조금씩 매일 읽기 위해 노력했다. 시간이 갈수록 많은 양을 읽을 정도로 익숙해졌다.

매일 서점 및 도서관과 집을 오가면서 자기계발서 위주로 계속 책을 읽었다. 읽는 시간은 일정하지 않았다. 많이 읽을 때는 약 5~6시간 정도 걸렸다. 하루 평균 3시간 이상 독서에 몰입했다.

어느 날 지원했던 회사 중 한 곳에서 면접 연락이 왔다. 크지 않은 회사였지만 현재 내 처지에 연락만으로도 감사했다. 면접을 보러 가는 지하철에서도 계속 읽었다. 책은 항상 들고 다녔다. 지금까지 일했던 같은 직종 회사다 보니 면접은 수월했다. 면접을 마치자마자 도서관으로 돌아와 계속 독서에 집중했다.

며칠 뒤 면접을 본 회사에서 합격통보를 받았다. 바로 출근해도 괜찮았지만 2주 정도 뒤에 가겠다고 양해를 구했다. 독서를 좀 더 하고 싶은 마음이 컸다. 계속 읽으면서 마음을 비우고 내 자신의 어떤 점이 잘못되었는지 조금씩 알아가고 있던 시점이었다. 그때 같이 읽었던 애너 퀸들런의 《독서가 어떻게 나의 인생을 바꾸었나?》에 아래와 같은 구절이 나왔다.

"책 속에서 나는 다른 세계뿐만 아니라 나 자신 속으로 여행했다. 나는 내가 누군지, 내가 무엇을 원하는지, 내가 갈망할 수 있는 것이 무엇인지. 이 세상과 나 자신에 대해 감히 무엇을 꿈꿀 수 있는지 알게 되었다."

다시 독서를 하면서 느끼는 감정이 딱 이랬다.

나는 내가 누구인가? 무엇을 원하고 갈망하는가? 앞으로 그것

을 통해 인생을 정말 바꿀 수 있을까?'

마음 한 구석에서 꿈틀거림을 느꼈지만, 아직 그것이 어떤 것인지 명확하진 않았다. 뭔가 잡힐 듯 했지만, 구체적으로 보이지 않는다고 할까? 책을 더 읽게 되면 그 꿈틀거림이 무엇인지 정확히 알 수 있을 것 같았다. 다음 회사에 출근하기 전날까지 답을 찾기 위한 독서는 계속되었다.

속마음을 꿰뚫는 문장들

독서는 계속된다

이직한 후에도 회사업무, 집안일을 제외하고 생존독서는 계속되었다. 서점에서 둘러보다가 눈에 띄는 책을 먼저 집어보다가 필요하면 구매했다. 주말에는 아침 일찍 도서관에 가서 조용한 곳에 자리를 잡고 반나절 이상 책에 파묻혔다. 부정과 울분이 가득찼던 내 마음은 조금씩 차분하게 정리되기 시작했다. 특히 읽는 책마다 마음속에 깊이 박히고 일깨워주는 구절은 독서노트에 적거나 책에 밑줄을 그었다. 지금도 힘들 때마다 잠깐씩 꺼내어 읽으면서 힘을 낸다.

"이 세상에는 성공하고 싶고, 부자가 되고 싶어하는 사람들이 너무도 많다. 나는 그런 사람들에게 가장 먼저 자신을 인정하고, 주제파악부터 하라고 말하고 싶다. 주제파악을 제대로 하면 가난에서 꼭 벗어나야겠다!'라는 절실함이 생긴다. 그리고 그 절실함을 통해 가난을 벗어날 수 있는 구체적인 방법을 찾게 되는 것이다."

총각네 야채가게 대표로 유명한 이영석 저자의 《인생에 변명하지 마라!》라는 나오는 한 구절이다. 호불호가 갈리는 책이지만, 이 책을 통해 지금까지 살아온 과거에 대해 반성하게 되었다. 회사에서 해고될 때까지 너무 기고만장하지 않았는지, 팀장 진급으로 아랫사람에게 내 일까지 다 떠맡기며 허세는 부리지 않았는지, 상사가 조금만 뭐라해도 스트레스 받고 내 마음대로 대들고 행동하지 않았는지, 내 문제점을 인정하고 해결하기 위해 절실하게 노력했는지… 돌아보니 전혀 그렇게 행동하지 않았다. 그 상황을 모면하기 위해 피해 다녔고, 불평불만을 터뜨리며 남탓 세상탓만 했다.

'왜 나만 혼자 이렇게 일이 많은 거야!'

'담당 공무원은 왜 나한테만 뭐라 하는 거야! 나는 시키는 대로 열심히 하고 있는데…'

'발주처는 왜 자꾸 일을 빨리하라고만 하는지…'

스스로 정말 열심히 한다고 생각했다. 맡은 일에 최선을 다한다고 했지만, 회사에서 쫓겨나고 나서야 나에게 문제가 더 많다는 걸 깨닫게 되었다. 주제파악도 못하고 혼자서만 잘하고 있다고 맹신했다. 일에 대해 내가 알고 있는 것이 다 맞는다고 생각했다. 담당 공무원이나 협력업체와 회의 중에 감정적으로 부딪히는 적도 많았다. 저 구절을 다시 읽고 다시 나에 대한 주제파악부터 해야겠다고 마음먹고 다시 성찰을 시작했다.

'현재 내 모습이 왜 이렇게 되었는가? 회사에서 왜 잘리게 되었을까?'

'왜 자꾸 사람들과 감정적으로 부딪힐까? 남이 뭐라고 하면 갑자기 감정이 격해질까?'

'남의 생각도 잘 들어준다고 생각했는데 감정조절이 되지 않을 때는 남의 의견을 잘 받아들이지 못했을까?'

'돌이켜보면 내 책임이 큰데 자꾸 남탓만 했을까?'

'대체 어떻게 해야 이런 나의 문제점을 바꿀 수 있을까?'

마음을 꿰뚫는 책의 문장들

위의 질문을 몇 번이고 곱씹으며 생각하다 보니 내 현실이 바로 보이기 시작했다. 해고를 당할 수밖에 없었던 결론을 도출했다. 업무로 인한 스트레스가 쌓이고 풀기 위해 술을 늦게까지 이틀에 한번 꼴로 마셨다. 그로 인해 잦은 지각이나 몇 번 정도는 회사에 아예 나가지 않았다. 가끔 꼼꼼하지 못한 일처리로 실수하여 업무에 지장을 주었다. 근태와 업무성과 측면에서 명명백백하게 내 잘못이 컸다. 여러 차례 경영진이 참고 넘어갔지만 결국 쌓이다 보니 결과는 해고로 돌아온 것이다. 한마디로 정신을 못 차린 셈이다. 혹시 지금 당신이 어려움에 처했거나 문제가 생겼다면 먼저 자신을 돌아보고 현실을 인식하는 것이 첫 번째다.

"내가 강조하고 또 강조하는'대가 없는 삶'은 없다는 말을 어렵게 생각하지 않길 바란다. 대가를 치른다는 것은 어느 부분을 희생하는 억울한 일이 아니다. 세상에 공짜란 없고, 모든 일에는 그만큼의 대가가 필요로 한다는 말을 명심하는 것. 이것이야말로 목표한 곳에 다다르기 위한 가장 빠른 길이다."

이것도 《인생에 변명하지 마라》에 나오는 한 구절이다. 지금 이렇게 된 것도 대가를 치르고 있다는 생각이 들었다. 분명히 내 잘못으로 인해 클라이언트에게 피해를 끼치고, 근무 태만, 업무 실수 등이 겹쳐 해고를 당한 것이다. 사장이 회사에게 나가라는 말을 들었을 때 너무 억울했다. 왜 이런 일이 나한테만 일어나는지 하늘을 원망했다. 그러나 내가 실수하여 대가를 치른 사실을 간과했다. 억울한 점도 있었지만 내가 원인이었다.

"의식이 바뀌면 행동이 바뀌게 됩니다… 의식이 변화하면, 자연히 행동도 변화합니다. 행동이 변화하면 현실도 변화합니다."

이노우에 히로유키 저자의 《배움을 돈으로 바꾸는 기술》에 나오는 한 구절이다. 책을 읽을수록 조금씩 의식이 바뀌기 시작했다. 지난 과오에 대한 반성과 성찰로 나를 객관적으로 보게 되면서 주제 파악을 하게 되자 어떻게 행동해야 할지도 알게 되었다. 바보같이 내 의식부터 바꿀 생각을 못했는지 한숨만 나온다. 쓸데없이 시간을 버리며 방황하고 다녔던 그 시세월이 아쉬웠다. 그나마 뒤늦게라도 책을 통해 의식을 변화할 수 있던 점이 가장 다행이었다.

인생에서 힘든 일이 있거나 문제가 생기면 일단 어떻게 해결해야 할지 찾아보는 것이 중요하다. 지금 당장 그 문제로 인해 감정이 상할 수 있다. 짜증도 나고 우울할 수 있다. 하지만 감정이 그렇다고 당장 문제가 해결되는 것은 아니다. 감정을 잘 추스르고 문제의 원인을 파악하고 해결책을 찾아본다.

그 다음 단계가 의식을 바꾸는 것이다. 그에 따른 행동도 변화가 오면서 문제 해결을 쉽게 할 수 있다. 다시 다른 회사로 이직하게 되면 다시 똑같은 실수를 반복하지 않고 업무에 집중해야겠다고 결심했다. 내 의식이 바뀌면서 어떻게 업무를 처리해야 할지 자연스럽게 찾을 수 있었다. 시간이 지난 지금도 다시 그런 일이 발생하지 않도록 정신차리고 집중하여 업무에 임하고 있다.

"성공을 손에 넣는데 필요한 것은 단 한 가지, 긍정적인 사고방식이다… 성공을 믿는 사람만이 성공할 수 있다. 가령 조금이라도 마음 한구석에 실패를 생각한다면 그 사람에게는 틀림없이 실패가 찾아올 것이다."

자기계발서의 최고 고전으로 꼽히는 나폴레온 힐의 《놓치고 싶지 않은 나의 꿈 나의 인생》에 나오는 첫 구절이다. 해고를 당하기 전까지 일을 하면서 부정적인 사고에 젖어있었다. 어떤 일을 추진하더라도 '안되면 어떡하지?'라는 마음이 한 구석에 숨어있었다. 프로젝트가 잘 추진되다가도 꼭 한번씩 고꾸라졌다. 예민하고 소심한 성격도 한 몫 했다. 상황에 휘둘리지 않고 내가 하는 일은 모두 잘 될 거라고 자신감을 가졌더라면 어땠을까? 혹여 잘 되지 않더라도 금방 털어냈을 지도 모른다. 부정적인 감정으로 계속 일을 마주하다보니 악몽도 많이 꾸었다. 업무 스트레스를 풀기 위해 매일 술을 마시다 보니 몸과 마음이 더 피폐해져만 갔다. 이 구절 자체도 나에게는 잔소리처럼 들렸다.

이 시기에 책을 집중적으로 읽으면서 각 책에서 인상적이고 감명 깊은 문장이나 구절은 필사하고 외웠다. 그렇게 몇 번씩 다시 읽으며 되뇌이다 보니 나를 다시 일으켜주는 원동력이 되었다. 어떤 구절은 부모님이 나를 타이르듯이, 또 다른 문장은 선생님이 잔소리 하는 것처럼 나를 일깨워 주었다. 문장과 구절 하나하나가 내 속마음을 다 들여다보며 알고 있는 것처럼 다시 정신을 차릴 수 있도록 도와준 셈이다.

다시 일어서는 힘

넘어지고 나서야
깨달은 것들

"누구나 살면서 한때 어려움에 직면하게 된다. 어떤 사람들은 고통을 딛고 일어서지만, 다른 사람들은 고통에 걸려 넘어지고 만다. 그때 슬기롭게 극복하느냐 아니면 좌절하느냐는 여러 가지 요인에 달려 있을 것이다. 아무리 어려운 상황이라도 좌절하지 않고 오뚝이처럼 일어설 수 있는 힘과 용기가 있다면, 즉 정신력이 강하면 일어설 수 있다."

김선욱 저자의 《틈새독서》에 나오는 한 구절이다. 내가 80살을 산다고 가정하면 개략적으로 이제 인생의 반을 살았다. 앞으로 더 큰 어려움이 닥칠지 모른다. 지금까지 살았던 인생을 기준으로 30대 중반에 당한 해고는 내 인생의 최대 위기였다. 백수가 되고 나서 약 두 달 넘게 집안에서 나가지 않았다. 앞으로 어떻게 살아야 할지 미래가 보이지 않았다. 고민을 해도 답이 나오지 않는다. 막막하고 답답했다. 겨우 해고를 당했을 뿐인데… 큰 사업 실패로 전 재산을 날린 사람들이 퇴로가 없어 결국 스스로 극단적인 선택을 하는 그 심정이 이해가 되었다. 내 힘든 것만 생각하느라 가족 등 다른 사람들의 사정은 신경 쓰지 못했다.

부모님도 잦은 이직 등으로 정착을 못하는 아들 때문에 걱정을 많이 하셨을지 모른다. 지금까지 살면서 늘 가족보다 내 자신이 가장 힘들다고 생각했다. 참으로 이기적이고 어리석었다. 결혼을 하고 처자식이 생기면 나를 희생하고 가족을 먼저 챙기면서 의연한 모습을 보여야 한다. 이와 반대로 가족에게 온갖 짜증나는 표정을 지으며 나 좀 살려달라고 징징되기만 했으니 얼마나 무책임하게 보였을까? 지금 생각하면 참으로 부끄럽다. 나 때문에 결혼 생활 내내 고생만 하는 아내에게 미안할 뿐이다.

더 이상 이렇게 살면 안 될 것 같았다. 이제 결단이 필요했다. 다시 길고 긴 어둠에서 나오고 일어설 수 있게 해준 것이 책이다. 독서를 통해 이제까지 살아왔던 과거를 되돌아보고 무엇이 잘못

되었는지 처음부터 생각하게 되었다. 천상천하 유아독존으로 살았던 내 자신을 돌아보고, 많은 저자들의 생각을 같이 읽으면서 고정관념을 버릴 수 있었다.

한동안 책과 멀어지고 나서 나와 익숙한 세상에서만 살았다. 눈을 뜨면 똑같은 일상을 반복했다. 같은 분야의 사람들과만 교류했다. 내가 보는 세상이 다인 줄 알았다. 나이가 들면서 조금만 새로운 환경을 만나도 두려웠다. 세상을 보는 시야가 좁아지니 사고의 폭도 현저하게 줄어들었다. 무슨 문제가 생겨도 어떻게 해야 할지 전전긍긍했다. 내가 생각하는 바와 다르면 무조건 배척했다. 그런 것이 하나둘씩 결국 쌓이면 어느 순간 한 번에 터진다. 나에게는 해고가 그랬다. 세상은 잘 돌아가는데 나 혼자 덩그러니 블랙홀에 빠진 느낌이다. 넘어져서 바닥까지 떨어지니 참으로 비참했다. 여기서 나를 꺼내준 것이 책이다.

평범한 사람이 반복되는 일상 속에서 낯선 환경을 접하는 것은 쉽지 않다. 낯선 환경을 만나는 데 가장 좋은 것은 여행과 독서이다. 직접 어떤 나라나 장소에 가서 그 문화 등을 직접 체험하고 보고 듣는 것이 여행이다. 시간과 돈이 자유롭다면 언제든 나갈 수 있지만, 제약이 있는 편이다. 바쁜 일상에서 다양하고 새로운 세상을 만나는 가장 쉬운 방법은 책이다. 책은 저자가 창조한 새로운 세상을 접하는 것이다. 그 세상을 보고 느끼면서 그동안 몰랐던 지식과 지혜를 훔쳐보며 다시 살 수 있는 힘을 얻고, 해결책을 찾을 수 있었다. 한 권씩 읽은 책들이 쌓이면서 그동안 계속 억눌렸던 마음이 조금씩 풀리기 시작했다. 계속 실패하면서도 다시 일어난 저자들의 이야기를 보면서 다시 할 수 있다는 믿음이 생겼다.

아내는 신앙의 힘으로 자신만의 인생을 잘 살아간다. 그녀는 성경을 자주 읽는다. 그 모습을 보고 몰래 성경을 읽어본 적이 있다. 잠언 편을 보면서 나에게 원인이 있다는 것을 깨달았다. 나보다 더 힘들게 살아가는 사람도 많다는 것을 알게 되었다. 세상에서 내가 제일 불쌍하다고 여기며 한탄하면서 보낸 시간이 참으로 아깝게 느껴졌다. 책을 통해 진짜 나를 알아가는 여정이 시작된 것이다.

독서가 답이다

30대 초반 이랜드 그룹 박성수 회장의 강연을 들은 적이 있다. 그는 대학 졸업반 시절 근육섬유에 있는 수용체를 항체가 공격하여 전신이 마비되고 근육의 힘이 점점 약해지는 근육무기력증에 걸려서 좌절감에 빠졌다고 한다. 앞으로 미래에 할 일을 계획하면서 큰일을 도모하려 했으나, 젊은 시절을 병상에 누워 보내야 한다는 사실을 받아들이기 어려웠을 것이다. 이 시절이 정말 앞이 보이지 않는 캄캄한 시절이었다고 그는 고백한다.

그를 다시 일어서게 한 것이 바로 책이라고 힘주어 강조했다. 병상에서 30개월 동안 그는 약 3천 권이 넘는 책을 매일 읽었다고 한다. 처음에는 무료한 시간을 보내기 위해 들었던 책이 계속 읽으면서 사고가 확장되고 많은 것을 배우고 깨달음을 얻어 결국 이랜드를 창업하고 우리나라의 굴지기업으로 키워냈다.

어린 시절부터 책을 좋아했던 교보문고 신용호 회장! 지독한 가난과 본인의 질병으로 초등학교도 제대로 졸업하지 못했지만, 청소년기를 거치면서 3년간 책을 읽었다. 하루도 거르지 않고 1000일을 꼬박 독서를 통해 일제시대 강점기에 설움을 겪은 우리 민족의 애환을 풀어주고 싶은 계획을 세운다. 나라를 뺏긴 것이 우리 민족의 무지함에 비롯된 거라 판단하고 해방 이후 교육사업을 시작하게 된다. 그 결과 교보생명과 우리나라 최대 서점《교보문고》를 열고 독서를 통해 민족을 일깨워주는 선봉자 역할을 한다.

이 밖에도 수많은 역경과 어려움에 처했던 위인들이 다시 일어서게 하는 가장 간단하고 강력한 도구가 독서라고 주장한다. 동서고금을 막론하고 책을 읽고 극복했던 사례는 수없이 많다. 요새 많은 일반인들도 독서를 통해 삶의 원동력과 의미를 찾고 있다. 나도 마찬가지다. 과거의 실패에 대해 다시 한 번 생각하게 되었다. 그 안에서 교훈을 얻어 다시 일어설 수 있는 힘을 얻었다. '책에서 길을 찾을 수 있다'라는 기억을 떠올리며 마지막으로 책을 도구로 선택한 것이다.

무작정 서점에서 골라 읽었던 김난도 교수의《아프지만 청춘이다》를 통해 그동안 쌓였던 상처를 조금씩 씻어낼 수 있었다.

"그대 좌절했는가? 친구들은 승승장구 하고 있는데, 그대만 잉여의 나날을 보내고 있는가? 잊지 말라. 그대라는 꽃이 피는 계절은 따로 있다. 아직 그때가 되지 않았을 뿐이다. 그대, 언젠가는 꽃을 피울 것이다. 다소 늦더라도, 그대의 계절이 오면 여느 꽃 못지않은 화려한 기개를 뽐내게 될 것이다. 그러므로 고개를 들라. 그대의 계절을 준비하라."

이 구절을 읽으면서 쏟아지는 눈물을 참을 수 없었다. 사랑에 빠진 사람이 유행가 가사에   의미를 부여하는 것처럼 깊은 수렁에 빠졌을 때 나를 구해준 것 같은 느낌이 들었다.

'그래! 나라는 꽃이 피는 시절이 아직 오지 않았어. 아직 35살인데 늦지 않았어. 다시 한 번 힘을 내보자!'

내 인생에 독서라는 무기가 깊게 파고들기 시작했다. 더 이상 억지로 하는 것이 아닌 일상의 일부가 되었다. 죽마고우를 다시 만난 우정, 애인을 오랜만에 만난 사랑 같은 감정으로 우리는 그렇게 서로를 이해하기 시작했다. 다시 일어서게 한 독서! 이제는 진정한 나를 찾아가는 여정으로 한 걸음씩 나아갔다.

읽고 또 읽었다

책은 나의 친구가 되었다

지금도 틈이 날 때마다 조금씩 책을 읽고 있다. 2013년부터 살기 위해 시작한 생존독서가 습관이 되어 지금까지 이어져 왔다. 마음을 다스리고 내 인생의 변화를 위해 서점을 둘러보고 나에게 맞는 책이 있으면 집어들고 무작정 읽었다. 누가 나를 불러야 알아차릴 정도로 책속에 파묻혀 지냈다. 서점에 앉을 자리가 없으면 구석에 기대어서라도 읽었다. 내 마음을 후벼 파고 인상 깊은 구절이 있으면 몇 번이고 반복해서 정독했다. 책 한쪽 귀퉁이나 노트에 그 구절을 미리 필사하거나 몰래 사진을 찍기도 했다. 하루종일 책을 읽다 쓰러지겠다는 각오로 모든 시간을 서점에서 쏟았다. 정말 나에게 필요한 한 권만 구입한 뒤에야 나올 수 있었다.

서점은 신간 위주다 보니 최신 트렌드에 맞는 책이 많아서 좋았으나, 너무 한쪽으로 치우친 독서가 되지 않을까 하는 걱정이 되었다. 그것을 보완하기 위해 찾아가게 된 곳이 도서관이다. 도서관은 오래전 출간된 책도 많이 보유하고 있어서 폭넓게 읽을 수 있어 좋았다. 동네에서 가장 가까운 도서관을 검색하니 지하철역 근처 주민센터와 같이 쓰고 있는 정보도서관이 있었다.

대학시절 수업이 없는 시간만 되면 도서관에 가서 앉아서 책을 읽고, 대출하던 기억이 난다. 시간이 흘러 다시 찾은 도서관은 조금 낯설기도 했지만, 이내 고향에 온 것처럼 따뜻하고 편안했다. 역시 가자마자 바로 찾아간 곳은 자기계발서 코너였다. 서가에 꽂힌 책들을 보면서 어떤 책을 읽을지 눈으로 고르기 시작했다. 처음 고른 책이 현재 창의경영연구소 조관일 소장의 《저질러라 꿈이 있다면》였다. 제목부터 확 끌렸다. 앉아서 단숨에 몰입하여 읽었다.

"저지름은 위대하다. 저지름이 위대하다는 것은 그것이 위대한 결과와 연결되기 때문이다. 그것은 개인의 삶을 변화시키고 때로는 세상을 획기적으로 바꾸는 훌륭한 결과를 이끌어낸다."
"뭔가 자꾸 시도해보라. 이리저리 저질러보라. 하다보면 성공할 수 있고 실패할 수 있다. 그러나 하지 않으면 방향을 발견하

기가 힘들다. 자기계발도 마찬가지다. 일단 시작하는 거다. 이
럴까 저럴까 궁리만 할 것이 아니라 일단 행동으로 옮기는 게
중요하다."

이 책에 나오는 구절을 보며 내 마음 한 구석에서 뭔가 벅차오
르고 꿈틀거림이 느껴졌다. 앞으로 뭘 해야 할지 막막했던 미래에
한줄기 빛과 같은 돌파구가 조금씩 보이기 시작하는 느낌이었다.
특히 위의 두 구절을 몇 번씩 눈으로 따라 읽고 낭독하다 보니 무
슨 일이라도 당장 저질러보고, 지금 상황에서 내가 당장 할 수 있
는 것들을 찾아 무조건 시도해봐야겠다는 생각을 하게 됐다. 해고
후 다시 돈을 벌어야 하는 상황인데, 한동안 구직생활을 하지 않
고 방황하다가 정신 차리고 집에 들어가 바로 일자리를 알아보기
시작했다. 현실을 외면하고 독서로만 내 인생을 바꾼다는 것은 말
이 되지 않았다. 꿈보다 더 중요한 것이 일단 먹고 사는 문제다. 가
장으로서 처자식을 먹어 살려야 할 도리는 하면서 다시 내 인생의
꿈과 목표를 정하는 방향이 옳다고 여겼다.

계속 읽고 또 읽었다

일자리를 구하기 전까지 오전에는 서점, 오후에는 도서관으로 가는 일상이 반복되었다. 눈 앞에 보이는 책이 있으면 무조건 집어들고 읽었다. 목차를 보고 내용을 보면서 무작정 읽었다. 나에게 도움이 되는 챕터와 구절이 있으면 시간을 할애하여 집중적으로 정독했다. 한 번 읽었던 책 중에 내 인생의 변화에 도움이 된다면 몇 번이고 반복해서 읽었다. 그렇게 반복해서 읽다보니 조금씩 책이 주는 즐거움에 푹 빠지게 되었다.

조선시대는 지금만큼 책 수가 적었던 시절이다. 우리 조상들은 한 권의 책을 몇 번이고 읽고 또 읽었다. 처음에는 열 번, 스무 번, 백 번 이상 읽으면 전체 내용과 그것이 주는 교훈에 대해 깨치고 달달 외울 정도였다. 그렇게 되면 자연스럽게 독서한 내용이 몸에 배어 행동도 조심히 하게 된다는 사실을 조상들은 익히 알고 있었던 것이다.

"김일손은 한유의 문장을 1천번 읽었고, 윤결은 《맹자》를 1천 번 읽었으며, 노수신은 《논어》와 두 시를 2천 번 읽었으며, 최립

은 《한서》를 5천 번 읽었는데, 그 중에서 《항적전》은 두 배를 읽
었다. 차운로는 《주역》을 5천 번 읽었고, 유몽인은 《장자》와 유
종원의 문장을 1천번 읽었다."

남태우 저자의 《한국의 독서문화사》에 나오는 구절이다. 우리
조상들은 자기에게 맞는 책을 골라 반복해서 읽고 사색하는 방법
으로 자기만의 것으로 만들었다. 나도 도움이 되는 몇 권의 책은
반복해서 읽었다. 말하고자 하는 내용 하나하나를 나만의 것으로
만들기 위해 노력했다. 마음 한 구석 깊숙이 들어와 자연스럽게 하
나가 되는 느낌을 받았다. 힘들었던 나의 상황들이 객관적으로 이
해가 되었다. 모든 일의 원인이 나에게 있다는 사실을 조금씩 알
게 된 것이다. 좀 더 나의 상황을 객관적으로 살펴보기 위해 계속
책을 읽었다. 읽을수록 전에 몰랐던 책에 담겨진 깊은 의미를 알게
되었다. 더 크고 넓은 시야가 생기면서 전보다 내가 느끼고 생각하
는 것들이 이전과는 조금씩 다르게 보이기 시작했다.

"책을 사랑하는 연인으로 생각하는 훈련을 해야 한다. 사랑하
는 연인과 함께 있다는 마음으로 책을 대하면 반복독서가 가
능해진다. 책이 사랑하는 연인처럼 느껴지는데 어떻게 반복독

서를 할 수 없겠는가? 책이 사랑하는 연인으로 느껴질 수 있도록 상상훈련을 하면 반드시 반복독서에 성공할 수 있게 된다."

《위대한 독서의 힘》(저자 강건)에 나오는 구절이다. 아마도 이 시기는 아내와 아이보다도 책에 대한 애정이 더 깊었을지 모른다. 하루 24시간 책과 보내는 시간이 10시간 정도가 되었으니, 자는 시간을 제외하고 아내와 아이를 보는 시간은 고작 3시간 내외였다. 아내와 아이에게 미안했지만 우울했던 나를 이기기 위해 애인을 만나는 심정으로 읽고 또 읽었다. 때로는 경건하게 또는 즐겁게 계속 책과 만나면서 나의 의식을 점점 확장시켜 나갔다. 그동안 잘못 느꼈던 감정들도 정리하고, 문제 해결을 위해 객관적인 판단을 할 수 있는 통찰력도 키우기 위해 노력했다. 당장 지금 힘들거나 삶에 무슨 문제가 생겼을 때 자기에게 맞는 한 권의 책을 찾아서 몇 번이고 읽는 것도 그 상황을 극복할 수 있는 좋은 방법이 아닐까 한다. 반복독서를 통해 보이지 않던 해결책도 찾을 수 있고, 자기를 좀 더 돌아볼 수 있는 안목이 생기기 때문이다. 마흔이 넘은 지금도 나는 힘이 들 때 한 권의 책을 읽으면서 내 삶의 방향을 찾아가는 중이다.

새로운 세상을 만나다

뫼비우스의 띠

"아직도 살날이 많은 내 인생… 솔직히 언제까지 살 수 있을지… 감은 안 온다… 지금 나이만큼만 더 살지… 인생의 끝이 어딘지 아무도 모르니 지금까지 살면서 늘 도전하고 깨지고 실패하고 좌절하다 체념하고 우울해 하고 그러다가 또 다시 해보자! 하고 다시 시작하고 그러다 포기하고… 끝까지 하지 않고 다른 것으로 눈으로 돌리고…

이 직장은 뭐가 맘에 안들고 돈이 또 밀리는구나… 얼씨구 이때다 나가자… 몇 번을 또 이직하고 의지 부족, 끈기 부족, 참을성 부족으로 감정조절 매번 못하고, 이런저런 생각 고민만 하다가 시간만 보냈다. 그러다가 다시 무기력해지고 스트레스를 받아 친구와 지인과 약속잡아 술이나 먹자는 약속을 잡았다. 그렇게 술 퍼마시다가 필름 끊긴 적은 또 얼마나 많은지… 그로 인해 피폐해진 내 육체와 마음, 피해를 준 모든 지인들과 친구들에게 참 미안하다. 나이만 들었지 아직도 철없는 어른아이처럼 구는 내가 참 싫고 미워지지만, 그래도 나름대로 열심히 산다고 지금까지 어떻게든 버티며 끌어온 거 같다. 딱 한번만 올라갈 기회가 주어진다면 정말 잘할 자신이 있다. 이제 남은 기회도 별로 없지만 말이다. 밤마다 기도한다! 딱 한번만 올라갈 기회를 달라고…"

얼마 전 내 SNS를 보다가 4년 전에 썼던 글을 발견하고 다시 읽어보았다. 다시 들어간 회사에서도 월급이 밀리자 가계사정은 다시 나빠지기 시작했다. 회사 자체적으로 진행하던 개발사업 인허가가 중단되어 발주처로부터 대금을 받지 못하자 사장님은 일방적으로 월급을 못주겠다고 선포했다.

한 달 늦게 지급하는 것도 짜증이 나는데, 지금 받는 돈에서 20%를 삭감하겠다니 어이가 없었다. 대기업 사원보다도 작은 월급을 받았지만, 직접 내가 작은 회사를 키워보겠다는 신념하에 열심히 일을 했다. 하지만 결과는 좋으면 사장만 배불리는 형국이고, 그 반대로 나쁘면 직원들을 후려치는 전형적인 중소기업의 행태를 보여주었다. 이런 회사인지 모르고 선택한 내 잘못이 가장 컸다. 뒤늦게 후회하고 현실적인 생계가 어려워지자 다시 이직을 결심했다.

그래도 생존독서를 통해 어느 정도 마음의 수양이 되고 있다고 생각했지만, 다시 생활고가 찾아오자 자신부터 또 흔들리기 시작했다. 다시 스트레스를 풀기 위해 술을 마셨다. 돈만 버리고 몸만 상했다. 위에 썼던 글은 아마도 답답한 마음에 남겼는지 모르겠다. 돌고 도는 뫼비우스의 띠처럼 인생이 잘 풀릴 것 같은데도 계속 꼬이는 느낌이다. 그래도 시간이 지나면 조금씩 나아지겠지 하는 믿음으로 독서와 글쓰기로 하루하루 버티었다. 4년이 지난 지금은 독서와 글쓰기를 통해 새로운 세계를 만나 보는 시야가 넓어지고 통찰력이 생기면서 일희일비 하지 않게 된 것이 가장 큰 효과가 아닐까 싶다.

다시 만난 세계

35살 네 번째 회사에서 해고를 당했다. 내 인생은 어둡고 긴 터널을 지나는 것 같았다. 그때 나를 일으키고 새로운 세상을 만나게 해준 대상이 책이었다. 20·30대 시절은 힘들거나 문제가 생기면 친구들과 술을 마시면서 하소연만 했다. 마음에 담아두지 못하고 누군가에게 다 쏟아내야 편해지는 성격이다. 그들과 주거니 받거니 한잔씩 하며 불평불만을 쏟아냈다. 쌓여가는 술병을 보면서 남아있던 친구들은 하나둘씩 이런 부정적인 모습에 질려 떠나갔다. 한때는 친구와 지인들이 인생의 전부라고 생각하여 힘들 때마다 기대었다. 시간이 흐른 후 나에게 남겨진 사람은 거의 없었다.

혼자 있는 시간이 늘어났다. 불안한 미래와 경제적 어려움에 따른 해결을 어떻게 해야 할지 막막했다. 쓸데없는 생각이 더 많아졌다. 부정적인 사람으로 변해가고 있었다. 사소한 일에 욱하고 감정 조절을 하지 못해 사람들과 마찰도 많았다. 죽고 싶은 생각도 한 적 있을 정도로 우울증도 심하게 앓았다. 지금도 죽마고우보다 책이라는 새로운 친구와 더 많은 시간을 보내고 있다.

특히 성공학/처세술 책을 보면서 나의 문제점이 무엇인지 다시 찾아보고 확인했다. 다양한 저자들의 상황에 나를 대입하여 어떻게 대처했을까 하는 상상을 했다. 어려운 문제에 봉착했지만 결국 극복하는 그들의 모습을 보면서 나도 할 수 있는 자신감을 가질 수 있었다. 책을 통해서 새로운 세계를 만났다. 한 권을 읽고 나서 다른 책을 만날 때마다 설레었다. 처음 아내와 연애할 때 설레는 그런 마음과 비슷하다고 할까? 매일매일 다른 책을 만나는 일이 정말 즐거웠다. 그렇게 새로운 세상을 만나게 해준 독서는 지금까지도 계속되고 있다.

어린시절 삼국지, 서유기, 대망, 삼국기(고구려, 신라, 백제)등 역사소설을 읽으면서 그 시대의 새로운 세계를 만난 추억도 있다. 사춘기 시절 억지로 성적위주의 독서로 책과 잠깐 멀어지게 되었다. 역시 책을 읽지 않는 시절은 부정적인 마음을 가지고 항상 무엇인가에 쫓기듯이 불안하게 살았다. 대학에 들어와 잠깐 독서의 재미를 찾았으나, 사회생활을 시작하며 바쁜 일상에 또 책을 멀리하게 되었다. 그 결과로 예기치 않은 실직을 몇 번 겪으면서 성향 자체가 부정적이고 폐쇄적으로 변해갔다. 누가 조금만 건드려도 감정조절이 잘 되지 않았다. 가정이나 직장에서도 언제 터질지 모르는 시한폭탄처럼 살았다. 결국 쌓이고 쌓여 좋지 않은 결과로 이어졌다. 개인적으로 삶의 나락까지 떨어진 심정으로 참 힘든 나날을 보냈다.

힘든 시기에 만나 새로운 세계로 인도해준 책은 이젠 나에게는 없어서는 안 될 최고의 친구다. 항상 가방에 한 권씩 가지고 다니며 내가 가는 길에 동행한다. 매일 다른 친구가 같이 다닌다는 생각이 든다. 어제는 성공학 친구, 오늘은 에세이 동무, 내일은 문학 선배 등을 만나 같이 대화 중이다. 책을 좋아하는 사람은 이 느낌이 뭔지 알 것이다.

　서점이나 도서관에 가면 아직 읽지 않은 책을 보면 설렌다. 새로운 사람을 만나는 착각을 불러일으킨다. 책을 읽으면서 저 너머 세계에 있는 저자와 이야기를 주고받고 하는 느낌이 좋다. 책을 읽으면서 나를 둘러싼 문제들이 새롭게 보이고, 매사에 감사함을 느끼게 되었다. 오늘도 책을 읽으며 새로운 세상을 만나는 중이다. 앞으로 가야 하는 새로운 길까지 제시해준다. 지금 당장 좋아하는 책으로 새로운 세상을 만나보라.

또 하나의 꿈을 꾸다

꿈이란?

모든 성취의 출발점은 꿈을 꾸는 것에서 시작된다.

- 나폴레온 힐

꿈이란 무엇일까? 사전적인 의미를 찾아보니 아래와 같이 검색된다.

1. 잠자는 동안에 깨어 있을때와 마찬가지로 여러 가지 사물을 보고 듣는 정신 현상
2. 실현하고 싶은 희망이나 이상
3. 실현될 가능성이 아주 적거나 전혀 없는 헛된 기대나 생각

사람은 누구나 잠을 자면서 1번과 같은 의미의 꿈을 꾼다. 나는 밤에 잠을 자다 꿈을 자주 꾸는 편이다. 좋은 꿈도 있고, 악몽도 가끔 만난다. 주로 스트레스를 받거나 나쁜 일이 있을 때 또는 지치거나 피곤하면 악몽을 꾼다. 반대로 다음날 기대되는 일이 있거나 좋아하는 사람들을 만나게 되면 좋은 꿈을 꾸면서 잠을 편하게 자기도 한다. 1번 꿈의 의미는 이 글에서 말하는 꿈과 약간 거리가 있다.

꿈은 2번이 의미하는 것처럼 미래에 자기가 되고 싶어 하는 소망이 될 수 있다. 하고 싶은 것이 많은 어린 아이나 아직 하지 못한 것에 대한 미련을 가진 노인, 바쁜 일상에 하고 싶은 것을 놓치고 살고 있는 직장인도 하고 싶은 꿈은 가지고 있다. 그러나 실제로 이 꿈을 이루는 사람은 많지 않다. 그 이유는 바로 꿈을 어떻게 찾고, 찾더라도 그것을 어떻게 활용해야 할지 잘 모르기 때문이다. 그것을 알아도 실제로 행동으로 옮기지 않기 때문에 아무 일도 일어나지 않는다.

내가 꿈을 찾은 과정

30대 중반 다니던 네 번째 회사에서 해고되기 전까지 직장에서 빨리 승진하여 잘 나가고 싶은 것을 제외하고 다른 꿈은 없었다. 책을 읽으면서 나와 같이 어렵고 힘든 환경에 처해있는 사람들에게 힘을 주고 싶었다. 글을 쓰는 작가와 동기부여를 할 수 있는 강연가가 되고 싶은 꿈이 생겼다. 우선 꿈을 찾아가는 과정에 내가 꿈을 어떻게 찾아갈 수 있었는지 살펴보기로 한다.

살면서 자기가 좋아했던 것에서 출발하기

누구나 살면서 어떤 대상에 관심을 가지거나 어떤 행위를 통해 즐거울 때가 있다. 그런 대상에서 하고 싶은 꿈을 연결시키는 것이 좋다. 자기와 맞지 않은데 그 대상이 너무 좋아 보여 꿈으로 연결시키다 보면 결국 현실의 벽과 부딪힐 때가 있다. 지금 맞지 않은 일로 고민하는 직장인이나 하기 싫은 공부를 억지로 하는 학생들도 출발점은 자기가 좋아하는 것이 무엇인지 한번 고민해 보는 것이다. 거기에서 정말 하고 싶은 꿈을 찾는 첫 발걸음이 될 수 있다. 나는 어린 시절부터 책을 좋아했고, 궁금하거나 힘든 일이 있으면 독서를 통해 극복했다. 어른이 되어 다시 인생의 문제를 만났을 때 좋아했던 독서에서 답을 찾기로 시작했다.

꿈은 명확해야 하고 구체적이야 한다.

꿈을 찾았다면 정말 자기에게 맞고 좋아하는지 다시 한 번 자문하고 고민해본다.

자기의 꿈이 단순하고 명쾌하게 한 문장이나 한 단어로 정리되는 것이 가장 중요하다. 다시 생존독서를 하면서 작가의 꿈을 꾸게 되었다. 막연하게 "나는 글을 쓰는 작가가 되고 싶다"도 좋지만, "나는 청소년이나 직장인들에게 실패도 하나의 인생에서 긴 성장과정이라고 알려주는 동기부여를 줄 수 있도록 글을 쓰는 자기계발 분야 작가가 되고 싶다."고 종이에 적고 명확한 꿈을 꾸기 시작했다.

꿈을 위한 로드맵이 필요하다.

꿈을 찾았다면 그것을 이루기 위해서는 로드맵이 필요하다. 길을 찾아가기 위해서 네비게이션을 쓰는 것처럼 꿈길을 찾아가기 위해서도 마찬가지다. 여기서 중요한 것은 처음부터 너무 거창하게 시작하지 말고, 자기가 할 수 있는 여건에서 가장 작은 것부터 시작하는 것이다. 그렇게 하나씩 단계별로 할 수 있는 만큼만 계획을 세워본다. 나는 작가의 꿈을 이루기 위해 책쓰기에 대한 책과 강의를 신청하여 수강하고, 나만의 원고를 쓰기 시작했다. 또 강연가의 꿈을 이루기 위해 스피치 수업에 등록하여 강연에 대한 기초를 배웠다.

꿈을 이루기 위한 실행과 꾸준함이 답이다.

위에서 말한 단계 중에 4번이 가장 중요하다. 결국 꿈을 이루기 위해서는 계속 생각만 하고 계획만 세운다고 되는 것이 아니다. 앞의 행위는 꿈을 이루기 위한 시행착오를 줄이는 사전단계라고 보면 된다. 가장 중요한 것은 언제나 실행과 행동이다. 3번에서 세운 계획대로 실제로 적용하면서 잘 되지 않더라도 하나하나 작은 성공을 해보는 것이 중요하다. 나도 작가의 꿈을 이루기 위해 조금씩 글을 쓰기 시작했다. 잘 써지는 날도 있고, 안 써지는 날도 있다. 그래도 조금씩 완성할 때 마다 작은 성공이라 믿고 계속 밀고 나갔다. 끝까지 밀어붙이는 끈기와 꾸준함이 더해지면 꿈이 현실로 더 빨리 이룰 수 있다.

독서를 통해 인생의 변화를 경험하면서 다시 한 번 꿈을 꾸게 되었다. 내가 쓴 책을 통해 힘들고 어려운 환경에 처한 사람들에게 도움을 주고 싶었다. 그들이 내 책을 통해 다시 살고 싶은 용기가 생겼다라는 메일과 문자를 받는 즐거운 상상을 하다 보니 너무나 절실하게 그 꿈을 이루고 싶어졌다. 그렇게 나는 이전과는 다른 또 하나의 꿈을 꾸게 되었다. 그 꿈을 현실로 만들기 위해 위에 소개한 4단계 방법을 단계적으로 실천했다.

좋아하는 책을 통해 다시 살 수 있는 힘과 용기를 얻었고, 나와 같은 사람들을 도와주고 싶어 꿈을 꾸게 되었다. 나만의 원고를 쓰고 사람들을 모아 조금씩 강연을 하면서 그 꿈을 현실로 만들어 가는 중이다. 여전히 나의 꿈은 현재진행형이다.

2장

독서의 위기를
극복하다

끝도 없이 떠오르는 잡념들

잡념은 내가
부족할 때 떠오른다

책을 한 장 한 장 넘기면서 읽지만 내용이 머리에 들어오지 않을 때가 있다. 집중은 안 되고 머릿속은 계속 잡념만 떠오른다. 내 인생을 바꾸기 위해 다시 시작했지만, 어떤 날은 읽기가 귀찮을 때도 있다. 다시 마음을 다잡고 잡념을 떨쳐보지만, 10분을 넘기지 못한다. 생존독서를 시작하면서 한 달이 넘는 시간은 잘 읽혔는데, 갑자기 찾아온 슬럼프가 낯설기만 했다. 왜 이런 자꾸 끝도 없이 잡념이 떠오르는 것일까?

아무래도 이렇게 책을 읽는다고 해서 과연 나의 인생이 바뀔 수 있을지 불안했다. 이영석 대표의《인생에 변명하자 말라》를 읽다 보면 "똥개보다 진돗개로 살라"는 메시지가 책 곳곳에 나온다. 직장생활에서 모르는 것을 알리기 싫은 사람을 똥개라 했고, 진돗개는 모르면 인정하고 배우고 개선하는 사람을 지칭했다. 지금까지 똥개로 살아온 내가 하루아침에 진돗개로 바꾸는 것이 쉽지 않았다.

성공한 사람들의 자기계발서 내용대로 따라한다고 과연 변화할 수 있을지 의문이 들었다. 무작정 책의 내용을 따라한다고 해서 다 바뀌는 건 아니라고 결론을 내리게 되자 그 순간부터 갑자기 독서가 싫어졌다. 어린 시절부터 쓸데없는 생각이 시작되면 꼬리에 꼬리를 물어 말도 안 되는 망상에 빠지는 일이 많았다. 일어나지도 않은 일을 이미 일어났던 것처럼 느끼면서 불안해했다. 일상생활을 영위하는 데 지장이 있을 정도였다. 내 사주를 보니 음양오행 중 물이 약 70%를 차지한다고 했다. 물은 계속 흘러가는 것인데, 그게 너무 흘러넘쳐서 생각이나 잡념이 원래 많다는 의미라고 한다. 정말 아무것도 하지 않고 가만히 있으면 쓸데없는 생각이 많아 가끔은 지칠 때도 있다.

'잡념'의 사전적인 의미를 찾아보니 "이치에 맞지 않는 잡다하고 허무맹랑한 생각"이라고 나온다. 잡념이 많이 생기면 부정적인 감정에 들면서 걱정에 빠지게 된다. 잘 가던 미로 속에서 길을 잃어버려 갇힌 것 같은 느낌이 든다. 즉 자신에 대한 믿음이 작다보니 자신감이 결여되어 다른 생각을 하게 되는 것이다. 그러다 보니 나를 바꾸기 위해 어떤 행위를 하고 있지만, 과연 될까라는 나의 의심이 계속되어 집중을 할 수 없는 것이다.

직장에서도 나를 믿지 못한 채로 일을 하다 보니 실수가 있다 보니 해고를 당했다. 그 일로 근 두 달간 거의 폐인처럼 의욕을 상실한 채 집에서 인상만 썼다. 아무것도 하기 싫어서 밖으로 나가지도 않았다. 살고 싶어서 내 인생의 변화를 위한 생존독서를 시작했지만, 과연 이렇게 한다고 내 인생이 바뀔 수 있을까라는 의구심이 계속 들었다.

잡념을 없애는 몰입독서

자신을 비하하고 여전히 스스로 부족하다고 여기다 보니 책을 읽더라도 잡념만 생기고 자존감만 떨어졌다. 이 잡념들을 없애기 위해서 일단 자신감과 자존감 회복이 먼저라고 생각했다. 그래서 독서가 나를 바꿀 수 있는 유일한 방법이라고 믿기 시작했다. 잡념을 차단하기 위해 오로지 내 앞에 있는 지금 책에만 집중하면서 읽었다. 잡념이 떠올라 잘 읽히지 않는 날은 한 줄이라도 몇 번씩 낭독하거나 필사하며 그 책에만 집중했다. 잡념을 없애기 위해선 지금 하는 그 행위에만 집중하는 것이 가장 좋다. 오로지 독서가 다시 나를 살게 해준다는 그 믿음을 가지고 독서에 몰두하다 보니 끝도 없이 떠오르던 잡념이 없어지기 시작했다.

또 매일 같은 시각에 서점과 도서관에 가서 책을 사거나 빌려서 읽었다. 2시간 정도 읽고 15분 휴식 패턴으로 규칙적인 독서 습관을 가지려고 노력했다. 읽을 때는 그 책에만 매달렸고, 쉴 때는 음악을 듣거나 산책을 했다. 잡념이 떠오르면 무조건 밖으로 나가서 걸었다. 계속 걷다보면 쓸데없는 생각은 좋은 사색으로 변한다. 그렇게 3개월을 보내다 보니 다시 내 인생을 바꿔볼 용기와 자신감이 생겼다. 이렇게 잡념을 없애기 위해 활용했던 방법이 루틴이다. 루틴은 어떤 일을 시작하기 전에 늘 반복하는 행동이나 패턴을 말한다. 위의 방법대로 매일 같은 루틴을 반복하다 보니 그 시간만큼은 집중할 수 있었다.

'공부의 신'으로 유명한 강성태 대표도 수험생 시절 '수능을 망치면 어쩌지?', '밀려 쓰면 어떡하지?' 등 어느 학생처럼 공부하면서도 잡념이 엄청났다고 한다. 그 잡념을 잊기 위해서 영어단어 한 개라도 더 쓰면서 소리 내서 읽고 공부를 하다 보니 효과가 좋았다는 인터뷰를 본 적이 있다. 그는 잡념을 없앨 유일한 방법이 어떤 한가지에만 몰두하는 것이라 했다. 나도 그 때 끝도 없이 떠오르는 잡념을 없애기 위해 미친 듯이 독서에 집중했다. 그 결과 100권의 넘는 책을 석 달 만에 읽을 수 있었다.

지금도 책을 읽다가 잡념이 떠오르면 잠시 커피를 마시면서 멍을 때리거나 밖으로 나가서 걷는다. 잠깐 누워 잠을 청하기도 한다. 그리고 다시 독서에 몰입한다. 그렇게 책을 읽다보면 시간이 어떻게 흘러가는지 모를 정도로 푹 빠진다. 오늘도 나는 책에 몰입하는 중이다.

너무 오래 걸린다

읽는 데 오래 걸린다

인생을 바꾸기 위해 생존독서를 시작했다. 처음에는 책 한 권을 끝까지 읽으려고 했다. 한 권을 읽는 데 최소 5시간이 넘게 걸렸다. 어떤 책은 내용이 너무 어려워 하루 종일 붙잡고 있는데도 다 읽지 못했다. 꽤 오랜 시간 책을 읽지 않다보니 문장 한 줄을 읽고 이해하는 데 시간이 너무 오래 걸린 것이다.

독서를 좋아하는 사람이나 이제 막 책을 읽고 싶은 사람도 가끔 한 권을 보는 데 오래 걸릴 때가 있다. 이런 경우에는 책을 펼친다 해도 눈에 잘 들어오지 않는다. 몇 페이지 읽다가도 단어나 문장이 잘 이해가 되지 않아 덮어버릴 때가 많다. 다시 읽어야 한다고 생각만 하고 며칠 뒤에는 까맣게 잊어버린다. 한동안 이런 경우가 지속된다면 다시 책을 읽기가 싫어질 수도 있다. 그럼 왜 이렇게 읽는 데 오래 걸리는 이유는 무엇일까?

첫째로 우리는 현재 너무 많은 매체를 접하고 있다. 시대가 급변하면서 책에 대한 정보를 간편하게 인터넷이나 동영상으로 접할 수 있게 되었다. 미리 스마트폰으로 제목, 리뷰만 보고도 이미 어떤 내용인지 파악하게 된다. 굳이 번거롭게 책을 읽지 않아도 쉽게 모든 것을 얻을 수 있다. 책을 펴서 글자 하나하나 읽는 것이 고역일 수 있다.

둘째로 자기와 맞지 않은 책을 읽는 경우다. 나도 소설을 읽으면 참 집중이 되지 않는다. 평소에 소설을 잘 읽지 않다 보니 몇 장 보다가 덮은 적도 많다. 자기가 좋아하지 않거나 일부러 어려운 책을 골라 읽을 때 집중력이 저하되어 읽기 싫어진다.

그러면 이런 경우 해결책은 무엇이 있을까?

어떤 책을 읽게 되면 다른 매체로 정보를 얻지 말고, 거리를 둔다.

읽고 싶은 책이 생긴다면 미리 정보를 얻지 말고, 모른 상태로 책을 읽어본다. 표지나 제목을 보고 읽기 전에 어떤 내용인지 미리 생각해본다. 또 스마트폰 등 다른 매체는 독서를 할 때라도 거리를 두어보는 연습을 한다. 독서 하나에만 집중하여 읽다보면 조금씩 빠르게 읽어나갈 수 있다.

자기와 맞지 않는 책은 보지 않는다.

자기 인생에 정말 필요하여 맞지 않더라도 봐야 하는 경우가 아니라면 굳이 재미있지도 않고 맞지 않는 책을 보는 것은 오히려 낭비다. 세상에 나와 있는 책은 무수히 많다. 평생을 두고도 읽지 못하는 책이 많다. 이럴 때는 나에게 맞는 책만 골라서 읽으면 재미도 있고, 금방 읽을 수 있다.

여러 권의 책을 동시에 읽는다.

한 권의 책을 읽히지도 않는데 오래 보면 스트레스다. 나는 이럴 때 3~4권의 다른 책을 두고 한 권의 책을 보다가 오래 걸린다 싶으면 바로 덮고 다른 책을 펼친다. 이럴 때 보는 책은 조금 가벼운 에세이 장르다. 에세이를 읽으면 마음이 편해지고 머리도 맑아진다. 다시 아까 오래 걸렸던 책을 다시 들고 읽으면 조금 더 집중이 잘된다.

억지로 오래 걸린다고 계속 책을 붙들고 있는 것이 가장 어리석인 일이다. 위의 방법대로 했는데도 독서가 오래 걸린다면 과감

하게 그만두자. 밖으로 산책을 나가거나 사람들을 만나서 신나게 노는 게 더 낫다. 그 이후에 천천히 다시 책과 친해지는 연습을 통해 조금씩 매일 읽어나가자.

정독과 속독을 적당히 활용하자

위의 방법대로 오래 걸리는 독서가 수월해졌다면 속독과 정독을 적당히 활용하여 자유롭게 책을 읽어보자. 첫째 딸이 11살이다. 위인전이나 백과사전을 스스로 읽는 모습을 보면 내 어릴 적 모습과 많이 닮아있다. 그 나이의 나도 위인전과 역사소설을 참 좋아했다. 딸과 책을 보면서 위인에 대한 이야기를 나눌 때 참 즐겁다.

어린 시절의 나는 책 한 권을 잡으면 시간이 오래 걸려도 문장 하나하나 이해가 될 때까지 읽었다. 즉 정독했다는 뜻이다. 한번이 아니라 4~5번을 반복해서 읽다보니 그 위인에 대한 스토리, 역사의 흐름 등을 외우게 되었다. 잠시 자랑 하나하면 중 · 고등학교 시절 국사와 세계사는 따로 공부를 하지 않아도 될 정도였다.

성인이 된 이후로 시간이 많이 없다보니 정독과 속독을 섞어서 책을 읽고 있다. 인나미 이쓰시의 《1만권 독서법》을 읽고 나서 시간은 없지만 좀 더 많은 책을 읽고 싶어 나만의 '플로우 리딩'으로 읽고 있다. 어떤 방법으로 읽고 있는지 잠깐 소개를 해보고자 한다.

서문(프롤로그)은 정독한다. 보통 서문에 이 책에서 하고자 하는 이야기와 저자의 집필 의도가 나오기 때문에 시간이 좀 걸려도 꼼꼼히 읽는다. 그 다음 목차를 쭉 훑어보고 먼저 궁금한 챕터가 있다면 표시를 한다. 먼저 관심이 가는 챕터를 펼쳐서 정독을 한다.

나는 정독할 때 연필과 형광펜을 같이 준비한다. 형광펜은 책을 읽다가 나에게 감명 깊거나 인상 깊은 구절에 밑줄을 그을 때 쓴다. 연필은 그에 따른 내 생각을 적어보거나 그 문구를 나만의 언어로 표현할 때 쓰는 도구다. 우선 처음 읽을 때는 어떤 내용을 이야기 하는지 중점을 두고 정독한다. 읽어 내려가면서 이 챕터에서 말하고자 하는 핵심 메시지 및 그에 따른 중요 구절이 무엇인지 파악한다. 밑줄을 긋고 나의 생각을 써본다.

내가 관심이 덜 가는 챕터는 나만의 플로우 리딩으로 속독한다. 빠르게 훑어보다가 또 관심이 가는 내용은 정독을 하는 방식이다. 속독 시에도 도움이 되는 구절이 있으면 형광펜과 연필을 이용한다. 이렇게 책 한 권을 정독과 속독으로 보통 3시간 정도 읽는다. 이후 서평을 쓰기 위해 다시 한 번 밑줄 긋고 메모했던 부분을 다시 정독한다.

아내와 첫째 아이는 한 권을 꼼꼼하게 처음부터 끝까지 정독한다. 한 권을 오래 보는 스타일이다. 속독을 별로 좋아하지 않는다. 나도 두고두고 보는 책들은 몇 번이고 전체를 정독하는 편이다.

어린 시절 속독법이 유행하여 한번 배워본 적이 있다. 한 페이지를 대각선으로 읽고 스킵하면서 1~2분 이내로 읽는 방법이다. 그런데 돌아서고 나면 남는 게 없었다. 속독만 해서는 안 되기 때문에 그 다음부터 정독과 속독을 같이 이용하기 시작했다.

정독이 좋을까? 속독이 좋을까? 라는 질문은 무의미하다. 역시 책을 읽는 방법은 자기 자신이 제일 잘 알고 있다. 가장 중요한 것은 책을 읽는 속도가 아니라 그 책을 통해서 뭔가를 얻어 자신의 인생에 도움이 되게 하는 것이다. 다시 한 번 책을 꺼내 읽어본다.

책을 읽으면 무엇이 좋을까?

책을 읽으면 좋은 점

7년 전 내 인생을 바꾸기 위해 지금까지 많은 책을 읽고 다시 한 번 힘을 낼 수 있었다. 직접 경험한 사람으로 책은 인생을 바꿀 수 있은 가장 간단하면서도 강력한 무기라고 생각한다. 왜 책을 읽으면 좋은 점이 무엇인지 한번 알아보자.

사고력이 확장된다.

나는 일단 책에서 저자가 말하고 싶은 메시지가 무엇인지 미리 생각을 하면서 책을 펼친다. 세부적으로 단어와 문장을 읽기 시작하며 밑줄을 긋는다. 그 구절에 대해

① 왜 저자가 이렇게 썼을까?

② 이 구절에 대한 나의 생각은 무엇인가?

③ 저자의 의도에 대해 나는 어떻게 받아들일까? 등에 대해 자신만의 생각으로 정리할 수 있다. 이런 식으로 내 인생에 도움이 되는 구절을 만날 때마다 위의 방법대로 생각하고 책 여백을 활용하여 기록하고 정리했다. 책의 문장과 내용에 대해 계속 이해를 하기 위해서는 계속 머리로 생각을 해야 하기 때문에 사고력의 범위가 넓어질 수밖에 없다. 독서가 누적이 되면 그만큼 생각의 깊이와 폭도 확장된다.

말과 글에서 쓰는 어휘력이 풍부해진다.

독서를 통해 여러 문장과 단어를 접하게 된다. 책을 읽다가 감명 깊거나 인상 깊은 구절은 밑줄을 긋거나 필사하며 자신의 생각을 기록한다. 독서를 하며 이렇게 반복하다 보면 자신도 모르게 말을 하거나 글을 쓸 때 다양한 어휘력을 구사할 수 있게 된다. 같은 뜻이라도 여러 개의 단어나 문장을 상황에 맞게 사용하는 자신을 볼 수 있다. 나도 책을 볼 때마다 처음 보거나 모르는 단어나 문장이 나올 때 국어사전을 항상 찾아본다. 특히 한국 수필이나 소설을 보면 다양하게 우리말이 나올 때마다 사전을 찾아보고 이런 의미를 가졌다는 것을 알게 될 때마다 놀라고 기쁘다. 이런 단어나 문장은 따로 모아두고, 나중에 글을 쓸 때 활용하고 있다.

자신을 돌아보고 치유할 수 있다.

책을 통해 자신을 객관적으로 돌아볼 수 있다. 그 전까지 몰랐던 나의 잘못된 습관이나 행동을 인정하고 개선하는 방법을 찾는다. 힘들거나 지친 마음을 위로받거나 치유할 수 있다. 스트레스를 풀 때도 유용하다. 모든 것을 잃었다고 느끼고 아무 의욕도 없을 때 김난도 교수의 《아프니까 청춘이다》를 읽고 펑펑 울었다. 끝까지 읽고 나니 힘든 마음이 위로되고, 상처를 치유할 수 있었다. 지금도 힘들고 지치는 날이면 거기에 맞는 책을 찾아 한 페이지라도 읽으면 마음이 편해진다.

돈이 많이 들지 않는 좋은 취미다.

다른 취미에 비해 돈도 많이 들지 않는다. 낚시나 운동 등 취미를 하게 되면 그에 맞는 장비를 사기 위해 비용이 많이 드는 편이다. 하지만 독서는 10,000~15,000원이면 책 한 권을 구입하여 일주일을 보낼 수 있다. 평소에 들고 다니며 일과 후 조용히 읽으면서 시간을 보낼 수 있다. 물론 사람들과 만나서 술 한 잔 하는 것도 좋다. 개인적으로 술값과 책값은 아끼지 않는 편이다. 그래도 요샌 조용히 책을 읽는 것이 비용과 시간적으로 저렴하고 좋다.

내 기준에서 독서의 좋은 점 4가지를 찾아봤다. 이 외에도 많을 것이다. 누구에게나 맞는 취미가 있다. 그 중에 독서가 그래도 가장 쉽게 할 수 있는 취미가 아닐까 싶다. 그러나 억지로 해야겠다는 강박관념을 가져서는 안 된다. 진짜 마음에서 우러나와야 독서도 습관이 되어 지속할 수 있다. 하루에 한 두 페이지라도 읽으면서 독서의 좋은 점을 다시 한 번 상기해보자.

독서를 통한 변화과정

7년째 매주 2~3권씩 책을 읽고 있다. 요새 새로운 책 원고 및 강의준비를 위해 참고로 볼 때가 많다. 또 힘들 때 위로를 받거나 정보를 얻기 위해 독서를 한다. 힘든 시기에 다시 한 번 살고자 시작했던 생존독서가 인생의 변화를 가져왔다. 책을 읽으면 어떤 변화가 있는지 내 경험에 비추어 한번 살펴보자.

첫째 책을 읽으면 생각을 하게 된다.

읽기 전에 그 책을 쓴 저자가 이 책을 왜 쓰게 되었는지, 이 책의 내용이 무엇일까 등에 대해 먼저 떠올려 본다. 문장을 하나하나 읽으면서 저자의 숨은 의도를 파악한다. 다 읽고 나서 이 책에서 얻을 수 있는 메시지는 무엇일지에 대해 고찰하게 된다. 또 나의 현실에 대해 제대로 바라보게 된다.

둘째 생각을 하다 보면 질문을 하게 된다.

그럼 이 책을 통해 얻은 메시지로 내 삶에 어떻게 적용시킬 수 있을까?, 왜 나는 이 저자처럼 하지 못했을까? 등등 장르에 따라 스스로에게 여러 형태로 물어보게 된다.

셋째 질문을 하다보면 이에 대한 답을 찾아가는 과정이 수반된다.

읽었던 책과 유사한 책들을 찾아보거나 독서 모임을 통해 서로 의견을 교환할 수 있다. 이런 과정을 거치다 답을 찾아가게 되면 본인만의 철학이 생기게 된다. '아! 내가 이렇게 하면 되겠구나!'

넷째 확립된 가치관으로 이전과는 다른 생활을 하기 위해 의식하며 적용해본다.

처음에는 어렵지만 계속 반복되면 습관으로 굳어진다. 그 습관이 모여 행동의 변화를 가져오게 된다. 그 행동이 다시 모이면 인생이 바뀐다.

이런 과정을 통해 책을 읽으며 내 인생을 조금씩 변화시켜 왔다. 여전히 힘들거나 무슨 문제가 생기면 그 상황을 해결해 줄 수 있는 책을 찾는다. 다시 펼쳐 읽으면서 위에 언급한 과정대로 다시 풀어나갔다. 꼭 책이 아니더라도 본인만의 철학과 가치관을 통해 인생을 바꾸어 나갈 수 있지만, 인생을 바꿀 수 있는 가장 쉬운 도구는 역시 독서가 최고라고 생각된다.

장르별로 차별화된 책읽기

다시 살기 위해 시작했던 독서가 이제 매일 하는 최소습관이 되었다. 주중에는 직장일로 바빠서 온전하게 책을 읽는 시간은 약 30분~1시간이다. 그나마 주말에는 3~4시간 동안 집중적으로 읽고 있다. 예전에는 책 한 권을 다 읽어야하는 강박이 심했다. 지금은 나만의 '플로우 리딩'으로 자연스럽게 흘러가듯이 읽다가 딱 꽂히는 구절이나 문장이 있으면 밑줄을 치고 나만의 생각을 적어본다. 이렇게 한 주에 2권정도 읽는다. 읽다보니 장르별로 구분하여 읽는 것도 좋다는 생각이 들었다. 자기계발, 에세이, 실용서, 시, 소설 등으로 나만의 장르별 독서법을 소개해 본다.

자기 계발서

나를 포함해서 많은 사람들이 자신을 성장시키기 위해 자기 계발서를 많이 읽는다. 나는 자기 계발서를 펼치면 인생에 직접 실천·적용할 수 있는 내용이나 구절을 읽으면서 찾는다. 찾을 때마다 밑줄을 긋는다. 밑줄을 그을 때 중요도에 따라 펜을 달리 쓴다. 보통 연필이나 검정색 볼펜을 사용한다. 그 챕터에서 가장 중요하다고 생각하는 구절은 형광펜을 칠한다.

구절에 밑줄을 긋고 한번 눈으로 읽고, 다시 소리 내어 낭독한다. 그 후 내 인생의 어떤 부분에 적용할 수 있는지 눈을 감고 생각한다. 바로 실천할 수 있는 부분이 떠오르면 책 귀퉁이에 무엇이 있는지 그 구절과 연결하여 적는다. 기록한 구절 중에 중요한 한두 개를 추려 수첩에 옮겨 적고 틈날 때마다 읽어보며 실천한다.

적어도 일주일에 2~3개는 이렇게 적용하려고 노력한다. 자기계발서는 책의 특성상 저자가 겪은 경험을 통해 메시지를 던진다. 메시지를 읽는 선에서 그치는 것이 아니라 직접 행동해야 한다. 그 행동을 통한 변화가 이루어져야 진정한 자기계발서 한 권을 다 읽었다고 할 수 있다.

에세이

직장에서 업무 실수로 상사에게 혼날 수 있다. 잘 지내던 애인 또는 배우자와 사소한 일로 싸워 감정이 상할 수 있다. 나는 이럴 때마다 에세이를 찾는다. 잠시 혼란스러운 마음을 진정시키거나 상한 감정을 위로받기 위해서다. 각 꼭지마다 묘사되어 있는 구절을 읽으면서 그 장면이나 상황을 상상하며 직접 저자의 감정을 느껴본다.

몇 년 전 예기치 않은 사건으로 잘 지내던 지인과 멀어졌다. 여전히 나의 서툰 감정이 원인이었다. 마음이 여려 쉽게 떨치지 못하고 상처를 크게 받고 울컥했다. 그 타이밍에 만났던 책이 윤정은 작가의 《세상의 모든 위로》였다.

"순간 울컥하는 마음이 들어 포스트잇에 듣고 싶은 말을 적어 욕실 거울에도 붙여 놓고 화장대에도 붙여 놓고 신발장에도 붙여 두었다. 듣고 싶은 위로를 타인에게 구걸하며 상처받지 않으려고. 위로가 필요한 순간은 내가 제일 잘 아니까. 듣고 싶은 말은 내가 제일 잘 알고 있으니까."

울컥한 마음을 달래고 위로가 필요했다. 이 구절을 읽고 내가 듣고 싶은 말을 쓰고 싶어졌다. 포스트잇 한 장을 떼어 현재 내 감정을 썼다. 내 노트북 옆 거울에 붙였다. 보면서 내 상처와 마음을 다스렸다. 그 속에 현실 속의 내가 투영된다. 같이 힘들어하고 공감하며 자신을 위로한다. 에세이는 읽고 나서 저자가 책에 담고자 했던 그 감성을 같이 느껴보는 것이 가장 중요하다.

소설

소설은 다른 장르에 비해 전체 스토리 전개와 많은 인물들이 등장한다. 처음 소설을 읽을 때는 몇 장 넘기지 못했다. 읽으면서 문장이나 은유와 직유 등 비유법도 많이 나온다. 하나를 읽고 이해하는데 많은 시간이 걸렸다. 인물도 누가 주인공인지 조연인지 헷갈렸다. 이름을 외우다 보면 스토리 맥락을 놓쳐 다시 처음으로 돌아간다. 점점 읽기가 싫어진다. 앞 10페이지를 읽다가 그만둔 게 한두 번이 아니다.

이 문제를 해결하기 위해서 노트 한 권을 준비했다. 일단 책을 읽으면서 나오는 등장인물의 이름을 다 적었다. 책에 그 인물이 얼마나 나오는지 빈도를 체크하여 적는다. 가장 많이 나오는 사람이 주인공이다. 그 빈도의 차이에 따라 비중 있는 조연이나 단역으로 볼 수 있다.이렇게 인물을 정의하고 그들이 이끌어가는 스토리를 쭉 따라가며 읽었다. 이렇게 읽다보니 자연스럽게 몰입할 수 있었다.

　즉 소설을 읽을 때는 등장인물이 누구인지 먼저 파악하면서 그들이 이끌어가는 스토리를 놓치지 말아야 한다. 주인공과 주변인물들이 엮이면서 사건이 생기고, 갈등과 해결 과정, 심리 상태 등이 그대로 묘사되고 있다. 그것을 영화 보는 것처럼 머릿속으로 상상하며 읽다 보면 푹 빠지게 된다.

실용서

요새 부동산 및 주식 투자, 프레젠테이션 잘하는 법등 사람들이 궁금해 하는 정보를 알려주는 실용서가 인기다. 더 세부적으로 육아/가사/경제경영/심리/교육 등으로 나눌 수 있다. 나는 실용서를 읽을 때 시험공부 하듯이 본다. 지혜보다 지식을 얻기 위한 목적이 크므로 한 장 한 장 정독한다. 중요한 단어나 구절을 보면 밑줄을 긋고 따로 수첩에 요약하여 기록한다. 그렇게 정리한 노트를 다시 보면서 정보가 이해될 때까지 여러 번 읽는다.

크게 4가지 장르를 구분하여 나만의 독서법을 소개해 보았다. 책을 읽는 방법은 정답이 없다. 시중에 수많은 독서법 책이 있지만, 결국 자기가 직접 적용하여 가장 알맞은 방식대로 보는 것이 가장 좋다. 무엇보다 중요한 것은 매일 조금씩 독서하는 습관이다. 지금 읽고 있는 책이라도 위의 방식 중에 선택하여 조금이라도 읽어보자.

하루 최소습관으로 책읽기

습관, 인생의 무기

2020년이 시작되었다. 나이를 또 한 살 먹었다. 정말 한해가 금방 지나간다. 예전 조상들의 말씀처럼 세월은 그 나이대에 맞게 지나간다 하는데, 몸소 느끼는 중이다. 많은 사람들이 새해가 되면 한 해 동안 이루고 싶은 목표를 세운다. 소수를 제외하고 작심삼일에 그치는 경우가 많다. 작년에 세웠던 목표는 70% 정도밖에 달성하지 못했다. 이룬 것은 칭찬하지만, 계속 미루다가 시도하지 못한 목표는 반성한다. 그나마 달성할 수 있었던 가장 큰 무기는 지수경 저자의 《인생의 작은 습관》과 이범용 저자의 《습관홈트》두 권의 책을 읽고 알게 된 '습관' 덕분이었다.

습관의 사전적인 의미는 "같은 상황에서 반복된 행동의 안정화 또는 자동화된 수행"이라고 한다. 즉 쉽게 이야기해서 어떤 행동을 여러 번 되풀이하여 몸에 밴 행동이라 보면 된다. 목표를 이루기 위해 실행방법을 여러 번 계속 반복하여 습관화시키면 이미 반 정도는 성공한 것으로 간주해도 무방하다. 그러나 말이 쉽지 실제로 습관을 만드는 것은 어렵다.

그럼 어떻게 해야 습관을 쉽게 들일 수 있을까? 두 분의 저자가 공통으로 언급한 것이 있다. 바로 매일 조금씩 하는 작게 시작하는 것이다. 처음부터 너무 거창하게 시작하다 보면 며칠 가다 포기하는 경우가 많아서 할 수 있는 최소습관을 찾는 것이 지름길이라고 주장했다. 《습관의 재발견》의 스티븐 기즈도 이 최소습관으로 매일 작은 성공을 만들다 보니 인생의 변화를 가져왔다고 언급한다.

나도 할 수 있는 작은 습관 목록을 적고 바로 시작했다. 글쓰기 2줄, 책 2~3장 읽기, 팔굽혀펴기 5개⋯ 하루에 30분 내로 끝낼 수 있었다. 하루 24시간 중 시간이 날 때 마다 위의 3개는 어떤 일이 있어도 꼭 실행하기 위해 노력했다. 이렇게 2 3주가 지나다 보니 그것을 하지 않으면 뭔가 빠진 느낌이 들어 힘들더라도 조금씩 지속했다. 그렇게 썼던 글쓰기는 블로그 약 1000개 포스팅하는 결실을 맺었다. 책은 이런 최소습관으로 1년 100권 이상을 읽고 있다. 팔굽혀펴기도 하루 20~30개 정도로 늘었다. 정말 최소 습관이 모여 작은 성공으로 이어지면서 크진 않지만 뭔가 하나씩 이루어가는 모습이 뿌듯했다.

SNS를 통해 많은 사람들의 새해 계획을 살펴보았다. 구체적이고 멋진 목표들이 많았다. 나도 좀 더 세부적으로 올해 목표를 다시 점검하고자 한다. 그것보다 중요한 것은 그 목표를 이루기 위한 강력한 무기가 바로 습관이 아닐까 한다. 하고 싶은 게 늘 많지만, 올해는 할 수 있는 것부터 최소 습관으로 하나씩 끝내는 연습을 하려고 한다. 습관을 장착하여 반복적으로 꾸준하게 나가다 보면 어느새 자신이 원하는 목표에 가까이 가게 되지 않을까 한다.

한 문장이라도 매일 조금씩 읽기로 결심하라.

하루 15분씩 시간을 내면 연말에는 변화가 느껴질 것이다.

- 호러스 맨 -

나만의 최소습관, 틈새독서

나는 독서와 글쓰기를 좋아하는 직장인이다. 오전 9시부터 6시~7시까지 직장에서 일을 한다. 나머지 시간은 사람을 만날 때도 있고, 일찍 퇴근하여 집안일을 하거나 아이와 놀기도 한다. 독서와 글쓰기는 하루에 조금이라도 하려고 노력한다. 여기에서 나만의 틈새독서 하는 법을 잠깐 소개해보고자 한다. 여러 독서법 책을 참고하면서 나만의 패턴을 만들었다.

아침에 일어나서 약 30분 정도 읽는다.

아침에 일단 일어나면 찬물로 세수한 후 한 챕터에 2~3 꼭지 정도를 읽는다. 아침에는 머리가 맑아서 집중하여 읽다보면 내용이 가장 기억에 잘 남는다.

출퇴근시 이용하는 지하철에서 읽는다.

집에서 회사가 있는 학동역까지 지하철로 40분 정도 타고 간다. 출근 시 챙긴 책을 가방에서 미리 꺼내서 들고 있다가 지하철에 타면 빠르게 자리를 잡는다. 보통 지하철 경로석 가장자리를 좋아한다. 벽에 기대어 책을 읽을 수 있는 공간이 있기 때문이다. 목적지에 내릴 때까지 2~3꼭지를 또 읽는다. 사람이 많은 지하철을 타게 되면 독서를 할 공간이 없어 어쩔 수 없이 책을 읽지 않는다. 대신 SNS 이웃들의 글을 읽고 댓글을 달거나 공감을 누른다. 출근과 퇴근시간을 합치면 1시간 20~30분 정도 되는데, 보통 4~5꼭지를 읽을 수 있다.

점심시간에는 집중이 잘 될 때만 읽는다.

점심시간이 12~1시까지 한 시간이다. 밥을 일찍 먹고 들어오면 30분 정도 남는다. 이때도 집중이 잘되는 날만 책을 꺼내 읽는다. 졸리거나 피곤하면 억지로 읽는 것보다 그냥 낮잠을 자는 것이 좋다. 2~3꼭지 정도 읽을 수 있다.

버스나 기차로 출장시 책을 가져간다.

가끔 지방으로 출장을 가면 고속버스나 KTX열차를 이용한다. 이런 날은 정말 원없이 내 마음대로 읽는다. 흔들리는 차에서 보는 것이 시력에 좋지 않다고 해서 1시간 정도 보는 편이다.

자기 전 15분 정도 읽는다.

잠자리에 들기 전에 마저 못 읽었던 부분을 읽는다. 책을 펼쳐 놓고 졸다가 베개 삼아 잔 적도 있어 잠이 쏟아지면 역시 억지로 읽지 않는다.

이렇게 하면서 작년 초까지만 해도 하루에 한 권씩 읽었는데, 지금은 속독하는 것보단 한 권의 책이라도 천천히 보려고 한다. 일주일에 2권 정도는 위의 방법대로 시간을 내어 읽고 있다. 좋아 하는 사람이 생기면 아무리 바쁘더라도 시간을 내어 연락한다. 나 도 책이 좋아 시간을 내어 조금씩 보고 있다. 재테크 공부를 위해 경제신문을 매일 조금씩 보는 이치와 같다. 자투리 시간을 이용하 여 짬짬이 틈새독서를 계속 하다 보면 자신의 인생도 조금씩 달라 지는 것을 느낄 수 있다. 독서는 인생을 변화시킬 수 있는 가장 간 단하면서도 강력한 무기이다. 하루에 조금씩이라도 책을 읽는 습 관을 가져보면 어떨까?

3장

인생을 바꿀 수 있는
독서활용기술

책 자체를
독서노트로 활용하자

생존독서를 하고 1~2년이 지난 시점부터 인상 깊었던 구절이나 책을 읽었던 느낌 등을 따로 노트에 적었다. 그러나 시간이 너무 오래 걸려 업무나 다른 일을 하는데 방해가 되었다. 이 문제를 해결하기 위해 여러 방법을 연구했다. 찾아낸 방법이 책 자체를 독서노트로 활용해보기로 했다. 이 방법을 써 보니 책이 좀 더러워지는 단점도 있지만, 읽고 쓰기가 한 번에 해결되어 시간이 부족한 나에게는 더없이 좋았다. 아래에서 그 활용방법을 소개한다.

1) 책표지와 제목을 보고 속지에 책이 어떤 내용인지 미리 기록해본다.

나는 책을 사거나 빌리면 제일 먼저 제목과 표지를 본다. 제목과 부제를 보고 책 내용이 무엇인지 한번 상상해본다. 다음 표지를 넘겨 저자소개를 보면서 저자가 어떤 사람인지 생각한다. 그(또는 그녀)가 왜 이 책을 쓰게 되었을까 생각하면서 속지에 한번 메모를 한다. 단, 실제로 저자를 만나 책에 첫 번째 속지에 사인을 받을 수 있기 때문에 두 번째 속지에 기록한다. 이 책이 어떤 주제를 담고 있는지? 저자는 어떤 의도로 이 책을 쓰게 되었는지? 등등 내용을 간단하게 적어본다.

2) 서문과 목차를 읽어보고 마음에 드는 꼭지가 보인다면 밑줄을 긋고, 내용과 느낌을 적어본다.

보통 서문(프롤로그)은 저자가 왜 이 책을 쓰게 되었는지에 대해 언급한다. 앞에서 이 책이 어떤 주제를 담고 있는지? 저자는 의도로 이 책을 쓰게 되었는지? 등에 대해 미리 기록했다면 서문을 읽으면서 한번 내 생각이 맞는지 확인해본다. 이미 한번 생각했으므로 서문도 잘 읽히고, 저자가 이 책을 집필하게 된 동기와 전달하고 싶은 메시지가 한눈에 더 잘 들어오게 된다. 이후 목차를 보면서 확 꽂히는 꼭지가 있다면 그것에 밑줄을 긋고 다시 한 번 내용이 무엇이고, 어떤 느낌이 드는지 한두 줄로 적어본다.

3) 본문을 읽으면서 인상 깊었던 구절에 밑줄을 긋고, 어떻게 내 삶에 적용할지 기록해본다.

이제 본격적으로 본문을 읽기 시작한다. 다른 문장에 비해 인상 깊은 구절이 보인다. 거기에 밑줄을 치고, 책 위·아래 여백에 그 구절에 대해 느꼈던 점, 내 삶에 적용할 수 있다면 어떻게 활용할 수 있을지 한번 적어본다. 책을 다시 읽을 때는 밑줄 친 부분만 보면서 복기 또는 반추할 수 있다.

4) 본문과 에필로그까지 다 읽었으면 마지막에 이 책에 대한 느낌과 메시지가 무엇인지 적어본다.

책을 다 읽었다면 핵심메시지가 무엇이었는지, 읽고 난 느낌이 어땠는지, 이 책을 통해 내 삶에 어떻게 적용할 수 있을지 등에 대해 1~2줄 적어본다.

나는 위 4가지 방법으로 책 자체를 독서노트로 활용하고 있다. 이렇게 짬짬이 시간을 내어 읽으면서 기록하다 보면 이것을 활용하여 나중에 SNS에 서평 쓸 때 도움이 많이 된다. 여러분도 한번 이 방법대로 책 자체를 독서노트를 써 보면 어떨까 한다. 따로 노트를 준비하지 않아도 읽고 쓰는 연습이 한 번에 되니 일석이조의 효과를 거둘 수 있다. 단, 책이 너무 지저분해져서 중고서점에 팔러 가도 받아주지 않는 단점은 어쩔 수 없을 듯하다.

책과 처음으로 친해지는
독서 습관을 만들자

하루에 무슨 일이 있어도 거르지 않는 습관이 있다. 바로 독서와 글쓰기다. 아무리 못해도 2~3쪽의 독서와 한 두줄의 글쓰기는 빼먹지 않으려고 한다. 여기에 체력을 기르기 위해 팔굽혀펴기 5개도 추가했다. 내가 할 수 있는 정도의 최소 습관 3개를 이범용 저자의 습관홈트 프로그램을 이용하여 같이 진행하고 있다.

우리나라 성인의 1년 평균 독서량은 2017년 기준 평균 8.3권이다. 1년 열두 달은 기준으로 해도 한 달에 1권도 읽지 않는 셈이다. 독서를 통해 인생의 변화를 경험한 사람으로 책을 싫어하는 사람들에게 한번쯤은 읽어보라고 가끔 권하기도 한다. 그러나 평생동안 책과 가까이하지 않는 사람이 갑자기 친해지는 것은 어렵다. 그럼 어떻게 책과 처음으로 친해질 수 있는 독서 습관을 기를 수 있는지 내 경험과 함께 알아본다.

1) 우선 자기에게 맞는 책을 골라서 읽어본다.

독서를 싫어하는 사람에게 베스트셀러 등 좋은 책이라고 무작정 권해도 읽지 않는 게 다반사다. 미리 한번 어떤 책을 좋아하는지 물어보고, 비슷한 장르의 책 몇 권을 추천해준다. 그 중에 그래도 한 권쯤 자기에게 맞는 책은 분명히 있다. 이 책부터 천천히 한 페이지씩 읽기 시작한다. 이것이 책과 친해지는 첫걸음이다. 아직 책과 익숙한 단계가 아니다 보니 친해지는 시간이 필요하다.

2) 하루에 조금씩이라도 읽는다.

어떤 일이든 처음에는 마음먹고 시작하지만, 중간에 흐지부지되는 경우가 많다. 그 이유는 한 번에 뭔가를 다 이루려고 하는 욕심이나 조급한 마음 때문이다. 책도 한 권 전체를 빨리 읽을 수 있지만, 그렇지 못하는 경우가 더 많다. 하루에 한두 장 읽기를 목표로 하여 조금씩이라도 실행한다. 이렇게 반복하면 자기도 모르게 습관이 되어 읽는 속도도 빨라지고 양도 늘어난다.

3) 억지로 한 권을 꼭 다 읽지 않아도 된다.

책을 싫어하게 되는 계기가 꼭 한 권 전체를 다 읽어야 한다는 강박관념에서 비롯된다. 나 역시도 처음에는 꼭 한 권을 다 읽어야 온전한 독서를 한다고 생각했지만, 그것이 오히려 올가미가 되어 한동안 책을 멀리 한 적도 있다. 그 책에서 자기가 좋아하고 관심이 가는 챕터와 꼭지만 찾아서 정독하고, 저자가 말하는 의도를 파악해도 다 읽었다고 볼 수 있다. 일단 읽을 때 재미가 있어야 집중도 잘 된다. 자기가 좋아하는 구절이나 문단을 찾았으면 그 몇 장이라도 제대로 몰입하여 읽는 것이 더 좋다. 꼭 완독해야 하는 생각을 버리면 독서는 즐거워진다.

다시 책을 읽기 시작했을 때 이 세 가지 방법을 자주 썼다. 일단 무엇이든 처음에는 나한테 잘 맞고 재미가 있어야 관심이 간다. 좋아하는 자기계발서와 에세이 장르 위주로 읽기 시작했다. 하루 분량을 정하여 조금씩 매일 읽었다. 그 중 좋아하는 챕터는 정독했다. 덜 관심이 가는 페이지는 속독을 통해 흐름만 파악했다. 그렇게 한 권을 다 읽으면 이 책을 통해 내 인생에 어떻게 적용하고 실천할 수 있을지 고민했다. 더 나아가 독후감, 서평 등을 통해 기록을 했다. 독서가 인생을 다시 살게 하거나 변화하고 싶을 때 도와줄 수 있는 가장 기본적인 무기이다. 위에 소개한 나의 방법들도 참고하여 오늘부터라도 책과 친해지는 연습을 해보는 것은 어떨까?

바쁜 직장인을
위한 독서법

아무리 바빠도
책 한 권 읽을 시간은 있다

나는 직장인이다. 하루에 온전하게 책을 읽을 시간이 그리 많지 않다. 출퇴근 시 지하철에서 10~30페이지를 읽는다. 가끔 회사 업무로 출장을 가게 되면 버스나 기차에서 30~50페이지 정도 읽는다. 보통 직장을 다니면서 잦은 출장, 야근 등 바쁜 업무에 시달리고 퇴근하면 쉬고 싶다는 생각이 강하다. 오자마자 눕고 티비를 보면서 아무것도 하지 않는다. 사람의 에너지가 다 소진되면 그것을 채우기 위해 휴식이 필요한 것은 당연하다. 나는 독서가 좋아서 시간을 쪼개서 보는 편이지만, 대부분의 직장인들은 책을 잘 보지 않는다.

그래도 시간을 쪼개 자기계발 하는 사람들이 많이 늘어나고 있다. 그것을 통해 어제보다 오늘 조금 더 성장하는 "업글인간"이 대세가 되고 있는 세상이다. 나도 그 "업글인간" 중의 한 명이다. 그 수단을 독서를 선택했다. 아무리 바빠도 일주일 2권 정도는 읽으려고 다짐한다. 바쁜 직장인들을 위한 책 한 권 읽는 방법을 한 번 소개하고자 한다. 일단 일터로 출근할 때 책 한 권을 챙기는 것을 전제로 한다.

1) 제목과 부제(카피 포함)를 읽어보고 책이 어떤 내용인지 먼저 유추해본다.

일단 책의 표지에 있는 제목과 부제를 보고 이 저자가 이 책에서 어떤 메시지를 전달하고자 하는지 먼저 상상해 보는 것이다. 무작정 책을 펼쳐 들고 읽는 것보다 미리 어떤 내용이 있을지 미리 유추하여 읽기 시작하면 시간도 단축되고, 내용도 더 이해가 쉽다.

2) 프롤로그(서문)와 에필로그(마치는 글)를 먼저 읽는다.

1)번 방법을 마치고 나서 나는 순서대로 읽기보단 시간 단축을 위해 프롤로그와 에필로그를 먼저 정독했다. 프롤로그는 저자가 이 책을 쓰게 된 동기와 어떤 메시지나 키워드를 독자들에게 전달할지 등에 대해 소개한다. 프롤로그를 읽으면서 저자의 의도

가 들어간 구절이나 문장에 줄을 긋는다. 그 다음 책 제일 뒤에 있는 에필로그 부분을 읽는다. 에필로그는 저자가 다시 이 책이 말하고자 하는 핵심 메시지를 다시 한 번 강조해준다. 이 부분을 찾아 밑줄을 긋는다. 이렇게 서문과 마치는 글을 먼저 읽으면 이 책의 의도를 먼저 알 수 있어 본문을 읽을 때 더 수월하고 빨리 이해할 수 있다.

3) 본문은 정독과 속독을 이용한 플로우 리딩을 이용한다.

1)과 2)의 방법을 통해 먼저 이 책의 주제를 파악했다면 이제 본문을 읽기 시작한다. 일단 목차를 쭉 훑어보고 저자가 전달하고자 하는 메시지가 있는 챕터와 꼭지부터 찾아 제일 먼저 정독한다. 나는 1)과 2)의 방법을 이용하여 메시지 파악 후 목차를 보고 그 메시지가 가장 잘 나와 있는 부분을 찾아 자세하게 보고 체크한다. 보통 책 중후반부에 그 메시지를 통해 실행하는 방법이나 효과 등이 나오는데 이 부분을 정독한다. 그리고 나머지 부분은 이 책의 메시지와 좀 상관없다는 부분은 속독하거나 스킵하는 편이다.

4) 1)과 2)의 방법을 통해 메시지 파악이 어렵다면 SNS의 책 소개 글을 먼저 참고한다.

표지와 제목을 보고도 어떤 내용인지 먼저 유추하는 게 어렵고 귀찮거나, 프롤로그와 에필로그를 봐도 핵심 메시지가 모른다고 생각되면 네이버나 다음 등 포털 사이트의 책 카테고리를 검색하여 책 소개 글을 먼저 보는 것도 좋다. 출판사에서 직접 등록하기 때문에 그 책에 대한 정보, 저자 약력 등을 자세하게 소개하여 이 책이 무엇을 전달하고 장르가 어떤 것인지 한눈에 파악하기 쉽다. 한번 정보를 읽어본 후 1)→2)→3)번의 순서를 거쳐 본문을 읽는 것도 하나의 방법이다.

나는 이런 방식으로 바쁜 업무 중에도 시간 단축을 위한 독서를 하고 있다. 직장인들에게 제안하고 싶다. 책은 인생을 바꿀 수 있는 가장 간단하면서도 강력한 무기다. 일이 아무리 바쁘더라도 시간을 내어 한 페이지라도 읽기를 권한다. 그 한 페이지가 직장에서 자신의 미래를 바꿀지도 모르니까.

다독이 좋을까?
한 권이라도 제대로
읽는 것이 좋을까?

7년 전 해고 후 힘든 상황을 극복하기 위해 다시 책을 읽으면서 가끔 드는 의문이 있었다. 아마도 독서를 좋아하는 사람이라면 한번쯤 생각해 봤을 것이다.

'여러 권의 책을 많이 읽는 것이 좋을까? 아니면 한 권의 책이라도 제대로 읽는 것이 좋을까?'

내가 생각하는 이 질문의 답은 이렇게 생각한다.

1) 인생의 변화를 위해 시작하는 독서는 한 권의 책이라도 제대로 읽는다.

인생의 문제가 생기거나 힘들고 지칠 때 책을 읽기 시작했다고 가정하자. 그 문제를 해결하거나 위로와 치유를 얻기 위한 목적이 크다. 이런 경우에는 자기 상황에 맞는 책 하나를 골라서 끝까지 정독하여 제대로 읽는 것이 낫다. 그 한 권의 책을 통해 치유를 하고, 뭔가 깨달음만 하나 얻을 수 있다면 그것만으로도 가장 큰 수확이다. 해고 이후 인생의 변화를 극복하기 위해 많은 자기계발서 중 일단 총각네야채가게 이영석 대표의《인생에 변명하지 마라》를 골라서 3번 정도 끝까지 정독했다. 이 책을 통해 내가 그동안 얼마나 세상에 대해 불평불만만 하면서 절실하게 살지 않았는지 제대로 느꼈다.

2) 독서의 재미를 제대로 알기 위해서는 다독이 더 좋다.

생존 또는 취미로 시작하든 어떤 계기와 상관없이 책을 읽다보면 점점 독서의 매력에 빠지게 된다. 그 재미를 제대로 알기 위해서 여러 장르의 많은 책을 보는 것이 좋다. 다독을 하면 어떤 장르가 자기에게 맞는지 구분이 된다. 내 경우 살기 위해 독서를 시작했지만, 독서 자체가 좋아졌다. 계속 책을 읽다보니 나에게 자기계발서와 에세이 장르가 가장 잘 맞았다. 맞지 않는 소설, 시의 문학 장르 책을 읽으면 잘 읽히지 않아서 힘들었다. 진도도 빨리

나가지 않는다. 너무 편식하는 것처럼 들릴 수도 있지만 자기에게 맞는 책을 많이 읽으면서 그 재미에 빠지는 것이 오히려 더 낫지 않나 싶다.

3) 무엇인가 지식을 얻기 위한 목적이면 다독이 더 좋다.

땅이나 건물을 사기위한 재테크에 관심이 생겼는데, 어떡해야 할지 모른다고 치자. 이런 경우는 재테크 책 10~20권 정도를 읽는 것이 좋다. 어떤 분야를 제대로 지식을 쌓기 위해서는 10~20권정도 관련 책을 보라고 한다. 어떤 책은 기초지식을 얻을 수 있고, 다른 책에서 노하우를 얻을 수 있다. 그 안에서 공통적으로 나오는 정보나 지식이 중요하다. 그것들은 따로 정리하고 요약하여 자신만의 것으로 만들 수 있다. 물론 보기에 쓸모없는 내용도 있을 수 있지만, 다독을 통해 다양한 저자의 경험과 지식을 공부할 수 있는 장점이 있다. 책을 쓰기 위한 독서도 그 콘텐츠에 관련된 참고도서 10권~20권 정도를 먼저 읽는 것이 그 시작이다.

사람에 따라 다독이 좋을 수 있고, 한 권의 책을 제대로 읽는 것이 낫다는 의견이 다를 수 있다. 둘 중에 꼭 무엇이 낫거나 좋다고 하는 것은 어불성설이다. 사람마다 책을 읽는 이유는 다양하다. 또 더 많은 책을 보고 싶어 빨리 읽고 많이 읽는 나 같은 사람이 있는 반면에 자기에게 딱 맞는 한 권의 책을 천천히 끝까지 몇 번이고 읽는 사람이 있다. 그냥 상황에 맞게 책을 읽으면 그만이다. 집안 일로 한동안 책을 가까이 하지 못했다. 시간을 내어 한 권이라도 제대로 읽기 시작해야겠다.

고전을 통한 인생공부

왜 고전을 통해
인생을 배울 수 있는가?

───────────────

어린 시절 《삼국지》, 《초한지》 등의 중국역사고전과 《삼국유사》,
《조선왕조실록》 등 우리나라 역사책을 몇 번이고 읽었다. 실제 역
사 인물들이 울고 웃으며 펼치는 그들의 이야기에 카타르시스를
느낀다. 또 다양한 인물을 통해 내가 어떤 성향의 사람인지 또는
나와 다른 성향의 인물을 통해 타인과 어떻게 지낼 수 있는지 알
수 있다. 이처럼 오래된 고전을 통해서 접하지 못했던 인생을 배
울 수 있다.

국어사전에서 고전의 뜻을 찾아보면 '오랫동안 많은 사람에게
널리 읽히고 모범이 될 만한 문학이나 예술 작품'이라고 나온다.
그만큼 오랜 세월동안 읽히고 있는 작품이라면 이미 검증이 끝났

다고 보면 된다. 시대를 불문하고 많은 사람들이 인정한 책이다 보니 거기서 배울 수 있는 진리는 무궁무진하다. 고전이 중요한 이유는 바로 여기에 있다. 제4차 산업혁명으로 계속 문명은 빠르게 변하고 있지만, 인간이라면 누구나 겪는 인생의 본질은 변하지 않는다. 출생과 죽음, 사랑과 증오, 만남과 이별 등은 예전 인간들도 다 경험했다. 고전은 이런 변하지 않는 인간의 본성에 대해 탐구하여 기록한 책이다. 이런 고전을 통해 점점 더 각박하고 삭막한 이 시대에 어떻게 살아가는 것이 바람직한지 그 방향을 알려준다.

《철학이 필요한 순간》의 저자 스벤 브링크만도 이 책에서 고전의 중요성을 언급한다. 문명이 발달할수록 인간사회는 점점 더 편리해지고 있지만, 삶은 어딘가 모르게 공허하고 불안하다. 부익부 빈익빈 현상은 심해지고, 개인주의가 만연하면서 사람들과의 관계는 형식적인 측면에서 그치는 경우가 많아지고 있다. 먹고 사는 것도 힘들어지는 이 시대에 늘 불안하게 살아가는 현대인들은 쾌락과 돈을 좇고 주관적인 만족을 위해 자기계발에 열중한다. 그렇게 자신을 채워간다 하지만 뒤돌아서면 늘 허무하고 불안하다.

현재 사회 통념상 타인보다 자신의 내적인 자아를 찾는 것이 트렌드이지만, 너무 주관적인 만족에 머무르다 보니 공허함을 채우지 못하고 있다. 이때 필요한 것이 철학이다. 존엄성, 약속, 진실,

책임, 사랑, 용서, 자유, 죽음 등 어떻게 보면 원론적이고 쓸데없지만 쓸모가 있는 이런 가치들의 의미를 두고 변화하는 이 시대에 흔들리지 않고 중심을 잡고 살아가야 한다고 저자는 역설한다. 이런 철학을 가장 잘 배울 수 있는 책들이 바로 고전이다.

어떻게 고전을 읽어야 할까?

고전을 처음 접하게 되면 우선 그 책 두께와 어려운 내용에 압도당한다. 읽기가 꺼려지는 게 당연하다. 나도 원문을 그대로 번역한 두꺼운 중국고전 책에 도전했다가 몇 장 읽고 포기한 적이 있다. 읽어도 이것이 무슨 말인지 모르겠고, 더 어려웠던 건 모르는 한자도 많았다. 한자를 읽었더라도 그 의미를 알지 못해 이해를 못하다 보니 더욱 읽기가 싫어졌다. 결국 고전은 나와 맞지 않는다고 판단하고 더 멀리 하게 되었다. 그럼 고전과 친해지려면 어떤 방법이 있는지 알아보자.

1) 원문 고전보다 고전을 쉽게 풀이한 책부터 읽어보자

한동안 읽지 못하다가 엔지니어 출신이자 인문학 작가로 활동하는 김부건 작가의 《동양 고전의 힘》과 DJ 래피 작가의 《내 인생의 주역》을 읽으면서 고전을 다시 접하게 되었다. 이 책은 일반 고전을 저자가 쉽게 풀이하고 그에 대한 자기계발, 처세술 등을 쉽게 풀어내어 술술 읽을 수 있었다. 결국 고전과 친해지기 위해서는 우회전술이 필요했다. 동양 고전이든 서양 철학이든지 분야를 막론하고 일단 그 고전을 풀이한 쉬운 책이나 해설집을 찾아서 먼저 보자.

2) 풀이나 해설집이 어렵다면 고전을 설명해주는 동영상을 활용하자.

바야흐로 동영상의 시대다. 유튜브나 네이버TV 등을 통해 보는 것으로 정보를 쉽게 얻을 수 있다. 1)의 방식으로 쉽게 풀이한 책이나 해설집을 봐도 어렵다면 고전을 쉽게 소개해주거나 강의하는 동영상부터 찾아보자. 영상을 통해 강사가 설명해주는 고전의 의미, 내용 등을 듣다보면 이해가 빠르다. 《명심보감》을 통해 인생을 다시 공부하고 싶었다. 다시 읽어보기 위해 일단 유튜브에서 그와 관련된 강의 영상을 먼저 찾아봤다. 《명심보감》이 어떻게 나오게 되었는지, 왜 필요한지에 대새 설명을 듣고 책을 읽었더니 조금씩 이해가 빨라졌다.

3) 오랜 시간을 두고 천천히 정독하자.

1),2)번의 방법으로 조금씩 고전과 친해졌다고 생각하면 본격적으로 시간을 두고 천천히 정독해보자. 사실 옛날 성현들은 책을 제외하면 다른 매체로 정보를 얻거나 공부를 할 수 없었다. 오로지 책을 펴고 눈으로 읽고 낭독하면서 사색하며 그 의미를 깨쳤다. 고전은 이런 방법으로 시간을 두고 정독해야 그 의미를 제대로 알수 있다. 고전을 제대로 읽고 싶다면 하루나 일주일 중 시간을 내어 그 시간만큼은 집중하여 읽는 것도 한 방법이다. 지금 현재《논어》를 제대로 한자 하나씩 읽으면서 의미를 해석해보는 중이다. 사자성어 하나라도 오랫동안 시간을 두고 음미하며 정독하고 있다.

고전을 읽으면 인생을 배울 수 있다. 변하지 않는 인간의 본성을 탐구하고 진리를 통해 불안한 이 시대에 흔들리지 않고 살아가는 방법을 알려준다. 오늘부터라도 조금씩 고전읽기에 한번 도전해 보는 것은 어떨까?

혼자 읽지 말고
함께 읽고 나누자

책을 혼자 읽는 것도 좋지만 읽다보면 남들은 어떻게 생각하는지 궁금할 때가 있다. 같은 책을 두고 다르게 해석하는 경우도 많기 때문이다. 나도 책을 한동안 혼자 읽다가 다른 사람들이 써 놓은 서평을 온라인으로 검색하여 읽어보았다. 역시 하나의 책을 읽고 나서 내가 생각한 것과 다른 의견들도 상당히 많았다. 문득 직접 독서를 좋아하는 친구를 만나거나 독서모임에 참가하고 싶은 마음이 생겼다. 찾아보니 주로 주말 오전 일찍 시작하는 독서모임이 많았다.

하지만 직장생활을 하고 육아와 집안일 등 개인적인 일들이 겹치다 보니 주말 오전에 참석하긴 쉽진 않았다. 그래서 퇴근하고 주중 저녁 모임을 찾다보니 거리상의 문제가 있어서 고민이 되었다.

결국 2017년 여름 내가 직접 모임을 만들었다. 내가 사는 동네에서 멀지 않은 곳에 사는 두 분과 함께 한 달 2회로 모임을 시작했다. 비록 어쩔 수 없는 상황으로 6개월 정도만 모임을 운영하고 중단되었지만, 결과는 기대이상이었다. 같은 책인데도 나는 배울 게 있었는데, 다른 멤버는 몇 장 읽다가 자기와는 맞지 않아서 읽기를 포기했다고 한다. 책에서 각자 인상 깊게 본 구절을 나눌 때도 겹치는 것도 있지만, 다른 것도 많았다. 각자 읽고 느낀 게 다르다 보니 다른 멤버들이 말하는 것을 듣기만 해도 많이 배울 수 있었다.

내가 만든 모임이 와해되고 나서 한동안 독서모임을 나가지 않았다. 그러다 우연히 독서법 책을 쓴 저자의 독서모임에 신청하여 참석하였다. 이 모임의 진행방식은 조금 독특했다. 모임 일주일 전에 책에 대한 질문을 5~10개 정도를 미리 작성하여 보내준다. 그것을 읽고 자기의 생각을 미리 적고 모임에 참석한다. 질문 수준도 높아서 책을 읽고 한 번 더 깊게 고민하면서 내 생각을 적었다. 어떤 질문은 찬성과 반대로 나누어 다른 입장에서 생각을 들어보는 기회를 가져보기도 했다. 2018년 상반기 4개월 정도 진행했는데, 참신한 독서모임으로 기억하고 있다.

2018년 하반기부터 《북터치 하루독서》라는 독서모임에 참석하고 있다. 앞에 소개했던 모임보다 규모가 좀 크다. 매달 1회 기준으로 약 20~25명의 멤버가 모여 책을 읽고 의견을 나눈다. 이모임도 독특한 진행방식을 가지고 있다. 책만 읽는 것이 아니라 저자가 같이 모임에 참여한다. 먼저 책을 읽고 난 소감이나 느낀 의견을 4명으로 그룹을 나누어 한 명씩 소감을 먼저 자유롭게 이야기한다. 이후 7분 독서라 하여 자기가 읽고 싶은 부분을 집중하여 읽는다. 그리고 돌아가며 읽었던 부분에 대한 느낌 등을 3분 정도 발표하며 서로 생각을 공유한다. 마지막으로 저자에게 궁금한 사항을 물어보는 미니 인터뷰 시간을 갖는다. 저자가 왜 이 책을 쓰게 되었는지 탄생한 배경 등 뒷이야기를 듣는 것도 쏠쏠했다.

특히 모임에 참석하여 내가 몰랐던 좋은 책 소개도 많이 받았다. 책을 좋아하는 사람들이 만나다 보니 익숙지 않았던 문학 장르의 설명을 듣고 조금 더 이해할 수 있었다. 김영하 작가의 책도 모임을 통해 많이 접할 수 있어 개인적으로 좋았다.

이렇게 독서모임에서 여러 사람들과 다양한 의견을 나누다 보면 생각의 폭도 넓어진다. 혼자 읽는 것이 좁은 의미의 독서라고 한다면 모임에 참석하여 같이 나누는 독서는 좀 더 넓은 의미의 독서일 것이다. 혹시 독서모임을 참여하거나 운영하고 싶은 분이 있다면 내가 각종 독서모임에서 느끼거나 좋게 생각한 점을 공유해 보고자 한다.

1) 모임목적에 맞는 장르별 독서모임에 참석하거나 만들어
   보자

돈을 모으거나 재테크에 관심이 많은 사람들이라면 경제경영
서를 주로 다루는 모임, 자기계발에 관심이 많은 사람이라면 나폴
레온 힐이나 브라이언 트레이시, 지그 지글러 등 유명한 자기계발
고전 책만 다루는 독서모임에 참여하거나 직접 만들어 보는 것도
좋은 방법이다. 특정 장르의 독서모임 장점은 그 목적에 맞는 독
서를 하기 때문에 많은 정보를 얻을 수 있다. 또 같은 목적을 가
진 사람들이 모였기 때문에 어떤 목표를 이루기 위해 같이 동기
부여가 가능하다.

2) 모임 시작 전에 반드시 책을 읽고 참석하자

가끔 모임에 참석하다 보면 책을 읽지 않고 오는 사람들이 있
다. 모임에 오래 참여하다 보면 멤버들과 정도 들고 친해지게 되
면서 원래 모임의 취지와 다르게 책을 읽지 않고 온다. 독서모임
은 책을 읽고 나서 그 생각과 의견을 나누는 것이 기본이다. 모임
은 기본을 지켜야 유지되는 법이다. 반드시 모임 전에 책을 사거

나 빌려서 읽고 가도록 하자.

3) 처음 독서모임을 운영하는 분이라면 아래와 같은 순서를 추천한다

어떤 독서모임이든 각자 고유의 운영방식이 있다. 처음 독서모임을 만드는 사람에게 내가 처음 운영했던 이 방식을 추천해본다. ① 책에 전반적인 소개 및 설명(장르, 저자, 핵심메시지 등) → ② 책을 읽기 전과 읽고 난 후의 느낌 공유 → ③ 각자 인상 깊게 본 구절 소개와 의견 공유 → ④ 독서모임에 참여 소감 공유 순으로 하여 약 2시간 정도로 진행하는 것이 가장 좋았다. 장소는 가까운 커피숍이나 대여한 모임공간을 활용한다.

각자 성향에 따라 혼자서 책을 읽는 사람도 있고, 모여서 각자의 의견을 나누는 독서를 좋아하는 사람도 있다. 나는 일단 혼자 독서를 하다가 자기만의 독서 습관이 장착이 되면 모임에 참석하는 것을 추천한다. 그래야 모임에서 책에 대한 이야기를 나눌 때 좀 더 깊고 성장할 수 있는 대화가 되기 때문이다. 지금 당장 인터넷으로 검색해 보거나 지인들에게 추천을 받아 좋은 독서모임을 발견했다면 참석하자. 모임에 같이 참여하는 것만으로도 독서에 대한 긍정적인 에너지를 많이 느낄 수 있을 것이다.

아이와 함께 하는 독서1 : 《공부머리 독서법》

첫째아이도 책을 좋아하지만, 학년이 올라갈수록 진짜 책을 읽지 않다는 느낌을 종종 받았다. 독서록 숙제를 하기 위해 억지로 책을 펼친다. 앞에 조금 읽고 뒷부분 조금 읽다가 다 읽었다고 한다. 그리고 독서록에는 몇 줄 적고 숙제를 다 마쳤다고 유튜브를 본다. 몇 번 지켜보다가 나는 그 책을 읽고 제대로 무슨 내용인지 이해했냐고 물어보면 그렇다고 한다. 그런데 그 책에 대해 몇 가지 질문을 하다보면 대답하지 못하는 경우가 많다.

보통 저학년에 책을 많이 읽다가 고학년이 될수록 독서량이 적어진다고 한다. 입시위주의 사교육을 받고 암기위주로 공부하다 보니 읽고 이해하는 능력이 부족하다 보니 성적도 떨어지고 독서의 흥미도 잃게 된다고 말하고 있다. 최승필 작가님의 《공부머리 독서법》에서 이런 문제를 해결하기 위해 집에서 아이들이 어떻게 독서를 시작하고 가르쳐야 하는지와 이에 대한 좋은 독서법을 소개하고 있다.

고등학교 시절 내신 성적은 별로 좋지 않지만, 수능 모의고사만 보면 늘 상위권인 친구가 있었다. 알고 보니 그는 다양한 책을 읽고 자기만의 방법으로 이해하고 생각하는 능력이 뛰어났다. 다양한 사고능력을 요구했던 수능시험에 최적화된 사람이었다. 암기위주로 공부했던 나는 모의고사 볼 때 문제 자체를 이해하지 못했던 기억이 있다.

《공부머리 독서법》를 참고하여 내가 발견한 최고의 독서법은 아이나 어른이나 우선 자기에게 흥미가 있는 책을 먼저 읽어야 한다는 것이다. 재미가 없는데 억지로 추천도서나 권장도서를 읽으라 하면 처음 몇 페이지 넘기다가 만다. 자기 수준에 맞고 읽으면서 재미가 있어야 술술 읽히면서 책과 친해질 수 있다. 그래야 읽고 이해하게 되고, 생각을 하게 하는 독서가 가능해진다. 이런 식으로 다양한 책을 접하다 보면 그보다 쉬운 교과서를 잘 이해하게 되고 사교육을 하지 않더라도 공부를 수월하게 할 수 있다고 저자는 말한다. 꼭 아이뿐만 아니라 어른들에게도 적용할 수 있는 독서법이다. 그리고 책을 읽고 나서 저자가 말하는 의도를 파악하고 자기에게 적용할 수 있는 한 가지라도 찾아 실행하는 것이 가장 중요하다.

한 달 2권 읽기

(책과 친해지는 가장 쉬운 방법)

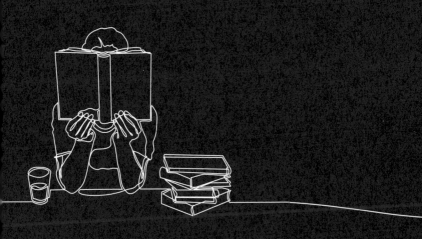

한 달 2권이면 충분하다

책과 처음 친해지는 방법

독서를 좋아하는 사람들과 만나거나 독서모임에 가서 소개를 하다보면 이런 질문을 종종 받는다.

'책을 읽게 된 계기는 무엇이고, 어떻게 계속 읽게 되셨어요?'

이 질문에 나는 내 책에서도 밝힌 것처럼 힘들었던 인생의 변화를 위해 무작정 읽기 시작했고, 그것이 습관이 되어 지금까지 오게되었다고 대답한다. 사실 너무 정형적이고 무거운 멘트이긴 하다.

다시 어떤 사람이 책을 읽고 싶은데 방법을 모르거나 어떻게 친해지고 싶냐고 물어본다면 아래와 같이 내 생각을 알려보고자한다.

1) 일단 서점이나 도서관에 간다.

책이 제일 많은 장소가 어디일까? 당연히 서점과 도서관이다. 7년 전 나도 다시 살고 싶어 무작정 처음 찾아간 곳이 광화문 교보문고였다. 제일 먼저 눈에 띤 김난도 교수님의 《아프니까 청춘이다》를 들고 읽었다. 오랜만에 하는 독서다 보니 당연히 글자만 보인다. 일단 책이 많은 장소에 먼저 가야 독서를 하고 싶은 마음이 조금은 생기지 않을까?

2) 일단 마음에 들거나 읽고 싶은 책을 골라 읽어본다.

서점과 도서관에 갔으면 일단 둘러본다. 매대나 서가에서 딱 꽂히는 책이 있다면 일단 꺼낸다. 표지와 제목을 보고, 목차와 서문도 쭉 속독으로 한번 읽어본다. 마음에 드는 구절이 있다면 일단 읽어보자. 재미도 있고 마음에 쏙쏙 이입이 잘 되면 계속 읽게 된다. 그렇게 다시 책과 친해지는 시간을 가져보자.

3) 자기에게 맞는 장르의 책을 여러 권 읽어본다.

2)의 방법대로 책 한 권을 읽었다면 어떤 장르가 자기에게 맞는지 확인할 수 있다. 이 책과 비슷한 장르의 책들을 여러 권 읽어본다. 독서의 목적이 새해에 좋은 습관을 가질 수 있고, 나처럼 인생

의 변화를 위해 생존독서인 경우도 있는 것처럼 다르다. 나는 변화를 이끌어 내기 위해 자기계발서 위주로 계속 읽게 되었다. 그렇게 꼬리에 꼬리를 무는 독서가 이어지면서 점점 더 책과 친해지고 독서에 흥미를 더해갔다. 자기에게 맞는 장르의 책을 계속 보다보면 책과 더 친해질 수 있다.

위의 3가지 방법대로 나는 다시 책과 친해질 수 있었다. 어떻게 보면 누구나 알고 뻔한 대답이다. 하지만 이 방법이 독서와 가장 가까이 친해질 수 있는 방법이라고 자신 있게 말할 수 있다. 가장 중요한 것은 억지로 하는 것이 아니라 자기 스스로 하고 싶다는 마음이 먼저 생겨야 한다. 그래야 그것이 행동으로 옮겨지는 동기부여가 된다. 주말에 시간이 되면 한번 서점이나 도서관에 가서 책이란 친구와 어울려 보는 것은 어떨까?

한 달 2권이면 충분하다

한 달은 30일이다. 다시 반으로 나누면 15일이다. 사람들의 생활

패턴이 아무리 달라도 보름이란 시간내 한 권의 책을 읽을 수 있는 시간은 충분하다. 책을 읽어야 한다고 생각하지만, 책 말고도 영상, 인터넷 등 다른 매체로 충분히 정보를 얻을 수 있어 읽지 않는 사람이 대부분이다. 그러나 시각적으로 얻는 정보는 일회성이라 시간이 지나면 다 잊어버리게 된다. 나는 여전히 책을 읽으면서 정보나 지식을 얻으면 한 번 더 이것을 어떻게 활용할 수 있을지 생각한다.

'이 정보가 지금 나에게 필요한가? 필요하다면 어떻게 적용할 수 있을까? 필요 없으면 언제 써먹을 수 있을까?'

물론 책을 좋아하는 나는 일상 이외에 위의 생각을 가지고 독서와 글쓰기에 시간을 많이 투자하는 편이지만, 대부분 사람들은 그렇지 않을 것이다. 일도 해야 하고, 연인 또는 배우자와 데이트도 해야 하고, 아이들과 놀아주어야 하고, 다른 취미 생활도 해야 하고… 이런저런 시간을 빼더라도 15일에 책 한 권 읽을 시간은 확보할 수 있다. 하루에 10~30분 정도만 투자하면 한 권을 완독하는 것은 충분히 가능하다. 나도 다시 독서를 시작했을 때 한 달에 2권만 읽어보자는 생각으로 접근했다. 이 글에서 한 달에 2권 읽기를 위한 나만의 독서 순서를 공유해보고자 한다.

1단계 : 선택 (1~3일)

일단 책이 있어야 독서가 가능하다. 무슨 책을 읽어야 할지 고민하는 단계다. 일단 서점이나 도서관에 간다. 매대나 책꽂이에 꽂인 책들을 쭉 훑어본다. 제일 먼저 눈에 띄는 책이 본인이 제일 보고 싶은 책이라고 보면 된다. 그 책을 일단 선택하여 구입하거나 빌린다. 개인적으로 책은 대여보다 구입하는 것이 낫다고 생각한다. 일단 사게 되면 내 소유가 되니 책을 더럽게 봐도 마음이 편해지기 때문이다.

2단계 : 읽기 (3~7일)

구입한 책을 자신에게 맞는 독서법을 통해 읽어본다. 나는 속독과 정독을 섞어가며 일단 1번은 완독한다.《1만권 독서법》이란 책에 나오는 플로우 리딩이라 하여 나만의 흐름대로 필요한 부분은 정독하고, 필요하지 않는 부분은 속독한다. 이 책이 말하고 싶은 메시지가 무엇인지 우선 서문을 정독하고, 목차를 훑어본다. 목차 중에 가장 읽고 싶은 부분을 찾으면 거기부터 정독한다.

3단계 : 정리 (7~9일)

읽으면서 인상 깊거나 마음에 드는 구절을 찾으면 밑줄을 긋고 다시 한 번 읽어본다. 예전에는 독서노트에 이 구절을 필사하기도 했지만, 시간이 너무 오래 걸려서 중단했다. 지금은 책 여백에 한 번 더 써보거나 이 구절에 따른 내 생각을 적어본다. 다시 읽을 때는 그 페이지만 펼쳐서 보면 정리가 된다.

4단계 : 기록 (10~14일)

읽고 정리를 통해서 책을 다 읽었다면 마지막으로 최종 기록을 위해 리뷰나 서평을 쓴다. '출력 독서법'이라 해서 이렇게 리뷰를 남기면 내가 이 책에서 말하는 것이 무엇인지 그것을 통해 느끼거나 배운 점에 대해 명확하게 정리가 된다. 3단계 정리를 하면서 기록은 같이 병행하는 것도 좋다.

5단계 : 실천 (14~15일)

리뷰까지 썼다고 해서 독서가 끝난 것이 아니다. 가장 중요한 것은 이 책에서 무엇인가를 얻었다면 일상생활에 적용해 보는 것이다. 문제가 생겨서 어떤 책을 통해 해결책을 얻거나 몰랐던 사실을 책에서 배웠다면 실천한다. 실천하지 않는 독서는 그냥 머릿속에 남은 지식일 뿐이다. 책을 읽고 나서 실천과 행동이 수반되어 조금이라도 도움이 되는 독서가 가장 중요하다고 생각한다.

위에 언급한 5단계를 실천하면서 다시 독서습관을 기를 수 있었다. 점점 책이 좋아지면서 지금은 일주일에 2권 이상은 읽을 수 있게 되었다. 책을 아예 읽지 않았던 사람도 한 달에 2권 정도는 읽을 수 있다고 본다. 위의 방법대로 한번 실천하여 책과 친해져 보길 바란다. 책은 인생을 바꿀 수 있는 가장 쉽고 기본적인 도구라고 늘 이야기하고 싶다. 책으로 인생을 바꿀 수 있었던 경험자로서 나는 오늘도 책을 읽는다. 좀 더 하나씩 세부적으로 알아보기로 한다.

한 달 2권 읽기

1단계 : 선택 (choice)

일단 책과 친해져서 읽기로 했다면 제일 먼저 해야 할 일은 책을 선택하는 것이다. 본인에게 맞는 책을 찾으러 출발해보자. 책을 구하기 위해서 어디로 가야할지 누구나 다 알 것이다. 인터넷의 발달로 온라인 서점도 많이 늘어나면서 책을 사는 방법도 다양해졌다. 사러 가기 위해서 서점을 가야하고, 빌리기 위해서는 도서관을 들러야 한다. 또 집에서 편하게 몇 번의 검색으로 온라인 서점에서 구입할 수 있다. 이 장에서 책을 어떤 방법으로 선택하는지 같이 알아보자.

오프라인 서점에서 책 선택하기

어린 시절 오로지 책을 사기 위해서 직접 매장에 가는 방법 밖에 없었다. 지금도 부모님이 계신 본가에 가면 30년 넘게 같은 자리에서 운영하고 있는 서점이 있다. 문제집이나 전과, 만화책을 사기 위해서 내 집처럼 매일 드나들었던 곳이다. 아직도 세월의 흔적이 묻은 같은 얼굴을 하고 계신 주인아저씨가 반갑게 맞아주신다. 예전보다 매출은 많이 적어졌다고 한숨을 쉬는 아저씨지만 그래도 책이 좋아 죽을 때까지 운영할 거라는 말씀을 하시며 미소를 짓는다.

근처에 있는 동네서점도 좋지만 많은 책을 보고 선택하기 위해서는 대형 서점부터 방문하는 것이 좋다. 강남이나 광화문에 있는 교보문고나 영풍문고 등이 해당된다. 대형서점은 책을 각 장르별로 나누어 전시하고 있다. 시/에세이, 자기계발, 소설, 인문, 가정/육아, 건강, 수험서 등으로 나누어져 있다. 특히 잘 나가는 베스트셀러는 가장 잘 보이는 가운데 매대 자리에 진열되어 있다.

생존독서를 위해 다시 광화문 교보문고를 찾았을 때 제일 먼저 갔던 코너가 자기계발이다. 쭉 둘러보다가 딱 눈에 꽂힌 책이 김난도 교수님의 《아프니까 청춘이다》였다. 청춘의 나이도 아닌데 왠지 이 책으로 위로받을 수 있을 것 같았다. 읽는 구절마다 흐르는 눈물을 참을 수 없었다.

먼저 본인이 읽고 싶은 책의 장르가 있는 코너로 가보자. 미리 읽고 싶은 책을 검색하여 서점에 올 수도 있지만, 그 코너에 가면 다른 책이 눈에 띌 수 있다. 코너에 가면 ① **신간과 베스트셀러가 전시되어 있는 매대 스캔→② 좀 지난 책이 꽂혀 있는 서가 스캔**의 순서로 읽고 싶은 책을 찾아본다.

여기서 중요한 것이 쭉 둘러보다가 어떤 책 제목이 계속 보인다면 그 책이 현재 읽고 싶은 책이라고 보면 된다. 계속 눈에 띈다는 것은 현재 내가 관심이 있거나 어떤 힘들 일이 있을 때 해결해 줄 수 있는 책이라고 믿기 때문이다. 자신이 정말 읽고 싶은 책 한 권과 비슷한 장르의 베스트셀러 한 권을 더 골라 구입한다. 사고 싶은데 좀 망설여지는 책은 서점에서 일단 1/3 정도를 읽어보고 구입 여부를 결정해도 좋다.

온라인 서점에서 책 선택하기

세상 문명의 발달로 인해 책도 배달이 되는 시대가 왔다. 예스24, 온라인 교보문고, 알라딘, 인터파크 등 많은 온라인 서점에서 마우스 클릭 몇 번만으로 집 앞까지 보고 싶은 책을 볼 수 있다. 온라인 서점의 장점은 오프라인 서점보다 정가의 10%를 싸게 살 수 있다는 점이다.

온라인 서점 사이트에 접속하면 베스트셀러, 신상품 등의 카테고리, 자기계발, 시/에세이, 소설, 실용서 등의 카테고리로 나누어져 독서가들이 쉽게 책을 검색할 수 있다. 오프라인 서점에서 사고 싶은 책을 찾아보다가 모바일이나 컴퓨터를 이용하여 구입할 수 있다. 읽고 싶은 책이 생겼는데 구입이 망설여진다면 책 소개와 남들이 써 놓은 리뷰를 참고하여 결정하면 좋다.

도서관에서 책 선택하기

책을 사고 싶은데 좀 부담이 되는 사람이 있다면 도서관에 가서 책을 빌려서 보는 것도 방법이다. 시나 구 정도의 규모에 구립 또는 시립도서관이 있을 것이다. 또 요새 새로 생기는 아파트 단지에도 작은 규모 공공 도서관이 많이 생기고 있다. 개인적으로 책은 빌리는 것보다 사는 것을 선호하지만, 책과 처음 친해지는 사람이라면 서점보다는 도서관으로 가는 것도 좋다. 도서관에 가면 번호를 매겨 같은 장르의 책들끼리 모아놓았다. 서점에 비해 오래된 책도 비치하여 고르는 범위가 넓어지나, 새 책이 아니다 보니 낙서나 밑줄이 그어져 있는 책들도 쉽게 발견할 수 있다.

읽고 싶은 책이 있다면 그 장르 책들이 전시되어 있는 책꽂이로 가서 찾아본다. 그 책이 현재 대출되어 없다면 미리 사서나 도서관 홈페이지에 예약신청을 하면 좋다. 도서관마다 다르지만 보통 대여기간은 약 15일이고, 최대 5~7권까지 빌릴 수 있다. 책과 처음 친해지는 기간이니 1권만 빌려서 제대로 2주 동안 읽어보는 것도 좋다.

서평단 신청하기

책을 사는 것이 부담되면 도서관에 가는 것 말고 서평단에 신청하여 받는 방법도 있다. 출판사나 네이버 독서카페를 보면 가끔 서평단 신청을 받는 경우가 있다. 서평단에 신청하면 좋은 점은 책을 무료로 제공받을 수 있다. 단 2주내 읽고 서평을 써서 본인 SNS와 온라인 서점에 올려야 한다. 공짜로 책도 읽고 글쓰기 연습까지 할 수 있으니 일석이조 아니겠는가?

한 달 2권 읽기

2단계 : 읽기 (reading)

책을 골랐으면 이제 책을 읽을 차례다. 처음부터 무작정 책을 펼쳐서 읽을 수 있지만, 그래도 제대로 된 독서를 위해서도 순서가 필요한 법이다. 책을 읽는 순서는 ① 이 책이 어떤 책인지 한번 전체적으로 훑어보는 준비독서→ ② 본격적으로 본문 내용을 읽는 본 독서 두 단계를 나눌 수 있다.

책의 정보를 알 수 있는 준비독서

1) 제목과 부제, 표지 디자인 보기

우선 책의 제목과 부제를 보고 이 책이 담고 있는 메시지나 내용이 무엇인지 한번 생각해본다. 요새 책의 제목은 보통 독자들에게 많이 팔기 위해 좀 더 광고 카피를 인용하거나 자극적인 표현들이 많다. 책의 제목을 가지고 이 책은 이런 내용을 담고 있다고 생각했지만, 그 반대의 경우도 있다. 오히려 책의 제목보단 부제가 이 책이 독자들에게 어떤 이야기를 하고 싶은지 담고 있다.

제임스 클리어의 《아주 작은 습관의 힘》(부제 : 최고의 변화는 어떻게 만들어지는가?)를 구입했다고 하자. 제목을 보니 습관이 주제라는 것을 알 수 있다. 작은 습관으로 최고의 변화를 끌어낼 수 있다는 부제까지 확인을 했다면 아직 읽지 않았지만 최고의 변화를 만들기 위해서는 습관의 중요성을 알려줄 거라고 예상할 수 있다.

내가 직접 썼던 《미친 실패력》은 책 제목만 봐도 강렬하다. 책을 많이 팔기 위한 마케팅 목적 외에 실패가 꼭 나쁜 것만은 아니다라는 의미를 한 단어로 표현하고 싶었다. 부제로 "나는 결코 실패가 두렵지 않다"로 정했다. 읽지 않아도 많은 도전을 하고 실패했던 스토리가 있을까 미리 짐작할 수 있다.

수업을 듣기 전에 미리 예습을 하면 본 수업 시 머리에 내용이 더 잘 들어오는 것처럼 독서도 본문을 읽기 전 이렇게 제목과 부제로 선행학습을 하다보면 실제로 읽으면서 도움이 많이 된다. 또 제목과 부제가 책 표지, 삽화와 잘 어울리는지 한번 살펴본다. 요새 표지 디자인에도 출판사에서 신경을 많이 쓰고 있다. 삽화만 봐도 이 책의 분위기가 어떨지 짐작이 때문이다.

2) 저자의 프로필과 서문 보기

제목과 부제를 보고 나서 책 표지를 넘기면 내지에 이 책을 쓴 저자의 약력과 프로필이 보인다. 프로필이 중요한 이유는 이 책에서 저자가 하고 싶은 메시지에 대한 근거가 되기 때문이다. 저자가 살아온 경험이 책에서 그대로 드러나기 때문에 본문이 어떻게 전개될지 예상할 수 있다.

그 다음 책의 서문을 한번 읽어본다. 서문은 프롤로그라고도 한다. 서문은 저자가 이 책을 쓰게 된 동기, 독자에게 필요한 이유, 펴내기까지의 과정, 간단한 책 내용 소개와 소감 등이 나온다. 서문은 책의 꽃이라고 할 정도로 읽고 나서 이 책을 계속 볼 마음이 들었다면 잘 썼다고 보면 된다. 읽으면서 앞으로 전개될 본문의 내용을 예상하고, 이제 목차를 살펴본다. 이 책이 어떻게 시작하여 어떤 과정을 거쳐 결론을 내릴지 구체적인 내용들을 한번 생각하며 목차를 쭉 한번 살펴보자. 그 중에 본인이 읽고 싶은 목차가 눈에 띈다면 이 책에서 가장 읽고 싶은 부분이라고 보면 된다. 거기에 펜으로 밑줄을 치거나 종이를 접는다. 여기까지가 본 독서 전에 준비 독서 과정이라고 보면 된다. 자 이제 준비가 끝났으면 본 독서를 들어가 보자.

본문을 읽는 본 독서

책을 꼭 처음부터 읽을 필요는 없다. 처음 책을 접하거나 다시 독서를 하려는 사람들은 처음부터 차례대로 끝까지 읽어야 한다고 생각한다. 그렇게 읽기 시작하면 중간에 제풀에 지쳐 오히려 책을 더 안 읽게 된다. 위에 언급했던 준비 독서 과정에서 목차를 보고 가장 읽고 싶었던 부분부터 읽어보자. 가장 관심이 가고 궁금한 내용이다 보니 집중해서 읽을 수 있다. 그 챕터부터 정독하여 읽기 시작하자. 그 외에 관심이 덜 가는 챕터는 음악을 듣는 것처럼 이해가 되지 않더라도 흐름을 따라 읽어 내려간다. 《1만권 독서법》이란 책에서 언급한"플로우 리딩(flow reading)"과 같은 방법이다.

나는 본 독서를 시작하면 장르마다 읽는 법을 달리한다. 자기계발서는 저자가 어떤 경험을 통해 변화하는 모습을 보여주는 내용이 많다. 저자가 왜 이 경험을 하게 된 원인과 문제제기 등이 도입부에 나온다. 중후반부로 갈수록 그 문제를 해결하는 방법, 느끼고 나누고 싶은 점 등이 소개되어 있다. 책을 읽으면서 현재 나의 상황을 대입해본다. 저자가 제시한 방법 중에 적용할 수 있는 부분이 있다면 밑줄을 긋고 정독해서 읽는다.

에세이를 읽을 때는 지금 나의 감정을 확인하면서 따라간다. 그 감정에 따라 지금 나에게 필요한 부분을 골라서 읽는 경우도 많다. 위로가 필요하면 그런 구절이 있는 챕터를 찾아서 정독한다. 내 감정을 대입하여 읽다보면 그 내용에 몰입할 수 있다. 역시 읽으면서 마음에 들거나 위로를 받았다는 구절은 밑줄을 긋고 표시를 한다.

어떤 지식을 얻기 위해 읽게 되는 실용서는 거의 정독하는 편이다. 시험공부를 하듯이 중요한 키워드나 내용은 밑줄을 긋는다. 이해가 되지 않는 내용도 일단 위에 언급한 나만의 플로우 리딩으로 중단하지 않고 한번은 끝까지 읽는다. 그 후 다시 그 부분만 다시 이해가 될 때까지 몇 번을 읽고 그 의미를 생각한다. 그렇게 하면 다는 아니더라도 그 내용을 알 수 있게 된다.

소설을 읽게 되면 일단 먼저 등장인물에 밑줄을 긋는다. 많이 나오는 사람이 주인공이고, 그 횟수에 따라 비중이 있는 조연과 그 외 인물로 스스로 정의한다. 그 인물들의 흐름을 따라가면서 줄거리를 파악하는 위주로 본 독서를 한다. 그렇게 해야 저자가 이 소설에서 하고 싶었던 이야기가 무엇인지 쉽게 알 수 있었다. 또 등장인물 중에 나와 비슷한 사람이 있다면 그 사람이 되었다고 상상하며 읽는 것도 좋은 방법이다.

한 달 2권 읽기

이렇게 나만의 플로우 리딩으로 본 독서를 마쳤다고 아직 끝난 게 아니다. 책을 덮고 돌아서면 또 무엇을 읽었는지 기억이 나지 않을 때가 많다. 그럴 때는 다시 책을 펴 들고 처음에 읽으면서 내 눈에 팍 꽂히거나 인상 깊었던 구절이 보이면 펜으로 밑줄을 긋거나 형광펜으로 표시했을 것이다. 그 부분을 다시 읽어보면서 어떻게 느꼈는지 적용할 부분은 있는지 다시 한 번 정리해 보는 것이다. 정리는 그 구절을 독서노트에 필사하거나 책 여백에 따라 쓴 후 자기 생각을 적어보는 작업이다.

필사하기

독서 모임 멤버 중에 책을 읽고 인상 깊었던 구절을 매일 노트에 필사한다. 필사의 뜻은 '베껴 쓴다'는 말이다. 그 구절을 다시 노트에 펜으로 베껴 따라 쓰는 행위라고 볼 수 있다. 사실 읽고 다시 또 베껴 쓰는 것이 이중으로 시간이 걸리는 작업이다. 하루 24시간 바쁘게 살면서 책을 읽고 필사하는 시간도 최소 1시간은 걸린다. 한 달에 한번 참석하는 북터치 하루독서 멤버 몇 분도 이렇게 책을 읽고 필사를 하고 있다.

그러나 시간이 걸려도 이렇게 필사를 하는 이유는 자기를 돌아보기 위한 시간을 가지기 위함이 아닐까? 나도 몇 번 필사에 도전을 했지만 시간이 오래 걸려 지금은 정말 간직하고 싶은 구절 정도만 독서노트에 따라 쓰고 있다. 대신 컴퓨터로 한글 프로그램을 열고 감명 깊거나 인상 깊은 구절은 타자로 치고 그 밑에 내 생각이나 의견을 적어서 파일로 저장하고 있다.

내가 필사를 어떻게 하고 있는지 2년전에 읽은 유근용 작가의 《메모의 힘》을 예시로 들어보겠다. 일단 위의 2단계 본문 독서를 통해 밑줄을 그었던 구절을 보고 한글 프로그램에 옮겨 적는다.

"기록을 통해 모든 역경과 실패, 좌절을 극복해 나갈 수 있었고 내 자신을 온전히 바로 세울 수도 있었다…메모를 한다고 모두 성공하는 것은 아니지만 성공한 사람들은 모두 메모를 꾸준히 해온 사람들이라는 것은 기억해야 한다."(책 내용 필사)

나도 어릴 때부터 일기를 계속 조금씩 써온 경험으로 글을 쓰는 행위, 즉 기록을 통해 극복과 치유가 가능한 경험을 했다. 나도 크게 성공한 것은 없지만 그래도 이만큼 살아가는 것도 기록을 통해서 내 자신을 돌아본 계기가 많아 가능했던 것이다.(나의 생각정리)

"1년 안에 이루지 못했던 목표들이 2~3년 뒤 다시 돌아보니 어느새 모두 이뤄져 있었던 것, 그때 나는 쓰면 모두 이루어진다는 사실을 몸소 체험했고 기록에 대한 강한 확신을 가지게 되었다."(책 내용 필사)

2015년 초에 내가 되고 싶은 목표와 꿈에 대해서 적어 놓은 적이 있다. "책 내는 작가 되기, 동기부여 강연가 되어 보기, 최고의 도시계획 엔지니어 되기 등등"으로 적어놓은 쪽지를 다시 한 번 이 책을 읽고 보았다. 신기했다. 1년 안에 이루지 못했던 목표들이 정말 2~3년 내에 이루어지는 기적을 보았다. 물론 이렇게 되기 위해 행동이 먼저였지만 말이다. 이 구절을 읽고 참 많이 공감했다. 아직 못 이룬 꿈들도 몇 년 안에는 꼭 이루도록 노력해야겠다. (나의 생각정리)

따옴표에 들어간 내용이 책에 나오는 본문을 읽으면서 밑줄 친 인상에 남거나 감명 깊은 구절이다. 저자가 메모를 하면서 느끼고 활용하는 방법을 알려주는 구절이 인상에 남았다. 따옴표 밑에는 그 구절에 대해 내가 느끼고 배울 점에 대해 기술한 것이다. 그 구절을 한 번 더 읽으면서 내 생각을 정리하는 단계이다. 이렇게 한 구절이라도 정리하여 내 생각을 정리하면 글쓰기도 수월해진다.

꼭 읽고 밑줄을 친 구절을 옮겨 적고 내 생각을 쓰는 것만이 정리가 아니다. 소설을 읽었다면 큰 줄거리나 주요사건을 나열하여 독서노트나 한글에 개략적으로 적어보는 것도 정리라고 할 수 있다. 정리 단계는 책을 읽고 난 후 저자가 어떤 점을 강조하고 주장하는 핵심 메시지가 무엇인지 파악하는 작업이다. 정리 단계의 작업이 잘 수행되면 추후 서평이나 리뷰를 쓸 때 수월하다.

한 달 2권 읽기

4단계 : 기록

서평(리뷰)의 의미

서평(리뷰)의 사전적 의미는 아래와 같다.

"책의 내용과 특징을 소개하거나 책의 가치를 평가한 글이고,
감상 또는 비평을 통해 그 책이 어떤지 평가하는 행위"

서평(리뷰)은 책을 읽고 주관적으로 느낀 감상 위주로 쓴 독후감
과는 다르다. 쉽게 풀면 책을 읽고 나서 저자의 의도를 파악하고 그
에 대한 느낌이나 감상을 적는다. 또 책의 내용과 내 생각이 다르
다면 그에 대한 비평을 쓸 수 있는 것이 바로 서평이라 할 수 있다.

서평을 쓰는 이유

책을 한번 읽고 나면 기억이 잘 나지 않는다. 위의 3번째 정리단계에서 인상 깊은 구절과 저자가 말하는 핵심 메시지를 찾았다면 이젠 4번째 단계 기록을 통해 한 번 더 기억하고 자신의 생각을 정리할 수 있다. 또 나 스스로 느낀 감동과 생각, 느낌 및 비평 등을 누군가와 함께 나누기 위함이다.

독서 이후의 느낌은 개개인이 다르다. 서평도 누가 쓰느냐에 따라 달라진다. 한 권의 책으로 다양한 서평을 공유하여 그 책에 대해 여러 관점에서 바라보는 것도 좋은 방법이다. 요새 출판사에서 신간이 나오면 홍보 및 마케팅에 도움을 주기 위해서 책을 무료로 나눠주고 서평 이벤트를 많이 한다.

서평의 효과

서평을 쓰고 나면 이 책이 나와 맞는지 아닌지 구분이 된다. 자신의 성향에 따라 맞는 책이 따로 있는데, 읽을 때도 억지로 읽히는 책들은 서평도 잘 써지지 않는다. 또 글을 쓰는 실력이 확실히 향상된다. 한 줄이라도 쓰기 위해 생각을 정리해야 하기 때문에 사고력도 같이 높아진다. 아직 읽지 않는 예비독자들이 이 책을 포털 사이트에서 검색했을 때 책의 내용이 무엇인지 쉽게 알려주는 나침반 역할을 한다. 그 정보를 보고 읽을지 말지 판단하는 기준이 되기 때문이다.

나만의 서평 쓰는 법

2016년 가을부터 다시 글을 쓰고, 책을 읽기 시작했다. 독서를 하고 나서 느꼈던 점을 조금씩 나만의 노트에 옮겨 적기 시작하다가 본격적으로 독후감이나 리뷰를 써보기로 했다. 처음에도 책을 읽고 나서 독서노트에 기록하다가 블로그에 직접 포스팅을 시작했다. 초기에는 책의 줄거리 소개와 읽고 난 소감을 5줄 정도로 정리했다가 조금씩 다르게 써 보면서 나만의 리뷰 쓰는 법을 만들어 나갔다. 그렇게 꾸준하게 1년반 정도를 쓰고 나서 낸 책이 《독한 소감》이다. 지금도 나는 책을 읽고 블로그에 리뷰를 남기고 있다. 이 글에서 잠깐 나만의 리뷰 쓰는 방식을 간략하게 소개해 보고자 한다. 우선 글을 쓸 때 먼저 고려해야 할 것이 구성이다. 어떤 글을 쓰든지 서론-본론-결론 순서로 구성이 되어야 짜임새가 있다. 서평도 다시 배열해보면 **서론**(이 책을 읽게 된 동기)**-본론1** (저자 및 목차 소개)**-본론2** (인상깊거나 감명깊은 구절 소개 및 나의 생각)**-결론**(책을 읽고 난 총평 및 느낀 점)으로 구성할 수 있다.

1) 첫 번째 문단에는 내가 왜 이 책을 읽게 된 동기와 책을 처음 봤을 때 느낌 등을 적는다.

표지 디자인이 어떤지, 제목을 보고 어떤 느낌이 들었는지, 부제와 제목이 잘 어울리는지, 책에 대한 첫 인상과 이 책을 왜 선택했는지를 기록해본다.

2) 두 번째 문단에서 저자 프로필과 책 목차를 간략하게 언

책을 골랐을 때 일단 표지와 저자 약력, 목차 등만 보고
읽기 전과 읽고 난 후의 느낌을 한번 비교해 보는 것이다.
후로 본인이 생각했던 느낌들이 많이 다르다는 것을 알

에서 전하고자 하는 주요 메시지는 무엇인가?

어떤 책을 읽었다면 저자가 과연 말하고자 했던 핵심 메
엇일까를 파악하는 것이 중요하다. 그 메시지를 통해 4)
답을 찾을 수 있는 열쇠가 된다.

서 인상 깊고 감명 깊었던 구절은 무엇인가?

다보면 자신의 입장에서 계속 마음에 남거나 중요하다
구절이 있다. 그런 구절에 밑줄을 치고 2~3번 읽다
문의 답을 수월하게 찾을 수 있다.

어떤 점을 배우고 적용해 볼 것인가?

하는 핵심 메시지와 책에서 찾은 인상 깊은 구절을
배웠고, 현재 나에게 어떻게 적용해야 할지 고민한
실제로 내 생활에 적용해 보고, 어떤 변화가 있는지

급을 하고, 아직 읽기 전의 책 내용에 대한 느낌을 적었다.

그리고 읽으면서 느끼는 내 생각과 감정을 서술하면서 이 책이
가진 공감 포인트를 가져가려고 노력했다.

3) 세 번째 문단에서 책에서 인상깊거나 감명깊은 구절을 골라서 언급하고, 그에 대한 나의 느낌과 의견을 기록했다.

그 구절에 나의 인생을 연결시켜 저자가 경험하고 느꼈던 것에
대해 공감하고, 다른 점이 있다면 어떻게 내 삶에 적용할 수 있을
지 고민했다. 앞에 정리 단계에서 인상깊은 구절에 밑줄을 긋고
독서노트나 책에 직접 자기 생각을 적은 내용을 그대로 가져오면
작업이 수월하다.

4) 마지막 문단에는 책을 다 읽고 나서 이 책이 전달하는 핵심 메시지가 무엇인지에 대해 요약했다.

이후 책에 대한 총평과 전체적으로 느꼈던 점을 기록하고, 어
떤 사람들이 읽으면 좋을지 짧게 추천 멘트를 남겼다. 그리고 마
지막으로 한 줄 총평으로 이 책에 대해 한 마디로 어떤 책인지 요
약하고 리뷰를 마무리했다.

사실 내 리뷰는 책을 읽고 나서 돌아서면 무엇을 읽었는지 기억을 하지 못하다 보니 독후감을 한번 써보면 어떨까 하여 시작하게 되었다. 그렇게 전문적이거나 체계적인 서평은 아니지만, 확실히 한번 리뷰를 써보게 되니 이 책에서 말하는 메시지가 무엇이고, 나에게 어떻게 적용하면 좋을지에 대해 많은 도움이 되었다. 또 리뷰를 꾸준히 쓰다보니 좋은 점은 글쓰기가 습관이 되었다는 것이다.

서평(리뷰)을 쓴다고 하면 사실 굉장히 어렵게 느껴진다. 하지만 책을 읽고 조금이라도 기록을 남긴다면 나중에 어떤 책을 읽었는지 찾아보기도 쉽다. 일단 위에 언급한 방식으로 분량은 상관없이 한번 리뷰를 써보는 것도 나쁘지 않을 것 같다. 내가 생각하는 최고의 독서법은 책을 읽고 서평(리뷰)를 남기는 것이라 생각한다. 이유는 읽고 정리하고 기록하다 보면 한번에 정리가 되기 때문이다. 오늘부터라도 책을 읽고 서평(리뷰) 또는 독후감을 한줄이라도 좋으니 한번 써 보는 것은 어떨까?

책을 읽고 난 후
어떤 질문을 해야 할까?

책 한 권을 눈으로만 읽었다고 되
니다. 오히려 책을 읽고 나서 언
떻게 자신에게 적용해야 진짜 독
는 책을 읽고 난 후 다음과 같
어쩌면 많이 봤던 질문일 수 있
고자 한다.

이 책을 읽기 전과 읽고 나

체크해본다.

　나는 책을 읽고 난 후 위에 소개한 4개의 질문으로 다시 정리한다. 찾은 답을 이용하여 책에 대한 서평(리뷰)도 쓰고 있다. 빨리 읽거나 눈으로 한번 보고 끝나는 것이 아니라 진짜 자신의 삶에 도움이 되는 독서를 하는 것이 중요하다. 몇 번을 강조하지만 독서는 나같은 평범한 사람들이 인생을 바꾸고 경쟁력을 키울 수 있는 가장 기본적이고 쉬운 도구라고 생각한다. 이 글을 보는 여러분에게 책을 읽고 난 후 위 4개의 질문을 이용하여 독서노트나 직접 책에 답을 찾기 위한 기록을 해 보는 것을 추천한다.

진정한 독서의 완성은 실천

책을 읽고 정리하며 기록까지 하며 위 4가지 질문의 답을 찾았다고 가정하자. 그 중에 4) 이 책에서 어떤 점을 배우고 적용해 볼 것인가? 에 대한 답이 진정한 독서의 완성이라고 볼 수 있다.

　예를 들어 유근용 작가의 《메모의 힘》을 읽고 정리 후 서평(리

뷰)으로 기록까지 마쳤다. 기록 단계에서 위 4가지 질문에 대한 답
은 이미 나와 있다. 특히 이 책에서 어떤 점을 배우고 적용할지 서
술한 내용이다.

"책을 읽고 나선 내가 해보지 못했던 유 작가님의 메모 노하우
를 배울 수 있었다. 신문 스크랩이나 성공일기 쓰기 등이 인상적
이었다. 그리고 연 단위, 월 단위, 주 단위, 일 단위로 정말 자세
하게 자신의 일상을 기록한 노트를 보고 깜짝 놀랐다. 나도 자세
하게 메모를 한다고 했지만 시간단위로 자세하게 기록하지 않
았다. 내가 해보지 않았던 메모습관에 한번 적용해 봐야겠다."

《독한소감, 2018. 북랩 황상열》

"아직까지 메모를 하지 않는 사람이라면 이 책을 꼭 읽고 메모
와 기록을 하는 습관을 가져보길 추천한다. 정말 기록하지 않고
머리로 기억하는 것은 하루도 못가 잊어버리는 경험을 많이 했
기 때문이다. 메모하고 기록하면 그것은 남기 때문에 언제든 펴
보고 상기할 수 있어 좋다."

《유근용 작가의《메모의 힘》부분》

나도 글감을 찾거나 업무 스케줄 관리를 위해 다이어리나 노트에 간단한 메모는 쭉 해오고 있었지만, 저자처럼 시간 단위로 철저하게 메모를 한 적은 없었다. 나이가 들수록 건망증이 심해지고 할 일을 잊어버려서 난감할 때가 많았다. 그래서 이 책을 읽고 저자의 철저한 메모습관과 기록법을 적용해보자고 기록했다. 그리고 실제로 매일 조금씩 적용해 보니 효과가 있었다. 이렇게 책을 읽고 나서 실천이나 적용하지 않으면 진짜 독서가 끝났다고 할 수 없다. 자신의 인생을 바꿀 수 있도록 조금이라도 실천해야 그 책이 할 수 있는 역할을 다한 것이라고 볼 수 있다.

독서로 인생을 바꿀 수 있다고 하는 가장 중요한 열쇠가 바로 이 실천과 실행이다. 한 권의 책에는 그 책을 쓰기 위해 혼신의 힘을 다한 저자의 다양한 경험과 노하우가 담겨있다. 그것을 쉽게 독서를 통해 하루에 한가지라도 배워서 적용할 수 있으면 얼마나 멋진 일인가?

진정한 의미의 독서가 바로 이렇게 배우고 적용하여 실행한 결과들이 모여 조금이라도 자신의 인생을 바꾸는 것이 아닐까 한다. 종교개혁으로 유명한 마틴 루터도 "모든 위대한 책은 그 자체가 하나의 행동이며, 모든 위대한 행동은 그 자체가 한 권의 책이다." 라고 독서 후 행동의 중요성을 강조했다. 오늘부터라도 자기 인생을 바꾸기 위해 조금이라도 읽고 쓰고 실행하는 것은 어떨까?

서평 - 아이와 함께 하는 독서2 :《말하기 독서법》

책을 읽는 방법은 여러 가지가 있고, 정답은 없다. 각자 자기에게 맞는 독서법으로 즐겁게 책을 읽으면 그만이다. 이런 책을 읽는 습관을 어린 시절부터 길들이면 좋다는 생각을 한다. 나도 아이들에게 책을 읽으라고 강요하진 않지만, 그래도 텔레비전 대신 독서를 통해 그 안에서 무언가를 배우고 느꼈으면 하는 생각이 든다. 앞으로 제4차 산업혁명 시대가 도래하게 되면 창조적인 사고와 공감능력이 필수라고 하는데, 그것을 기를 만한 최고의 방법이 바로 독서이다. 이 책은 총 4장으로 구성되어 있고, 아이들에게 말하기 독서법으로 아이들이 책을 읽고 나서 쓰기 전에 말하기를 통해 진짜 독서의 의미를 찾아주는 길잡이 역할을 한다.

"읽기를 중심으로 말하기와 글쓰기가 힘을 더해 책 읽는 능력을 탄탄하게 키워가게끔 돕는 것이 바람직합니다. 현재 아이들의 독서 환경은 무리한 독후활동, 특히 독서기록장 같은 글쓰기 활동에만 치우쳐 있습니다. 그 결과 책을 멀리하는 아이들이 많

아졌고요. '독후감 대신 말하기'로 책과 친분을 쌓도록 도와주
세요. 읽은 것에 대해 잘 말할 수 있어야 글도 잘 쓸 수 있습니
다. 아이는 특히 더 그렇죠."

책을 좋아하는 첫째아이도 독서 후 바로 독서록에 독후감을 쓰
는 것을 어려워한다. 나도 책을 읽고 바로 리뷰를 쓰는 것이 무척
힘든데, 아이들이 책을 읽고 정리하여 글을 쓴다는 것은 상당히 부
담이다. 저자는 이것을 해결하기 위해 독서 후 쓰기 전에 일단 말
을 먼저 하는 것이 중요하다고 강조한다.

일단 책을 읽고 자기 생각을 제대로 말로 전달하기 위해서 어
떻게 문장을 만들지 또 단어를 선택할지 먼저 생각하게 된다는 것
이다. 그렇게 먼저 생각하여 구조화시킨 자신만의 표현으로 말을
하면 글쓰기의 뼈대가 미리 만들어지기 때문에 추후 독후감을 쓰
기가 수월해진다고 저자는 역설한다. 또 여러 친구들 앞에 자기
생각을 전달하면서 재미를 느끼기 때문에 책과 친해지는 기회가
생겨 더 많은 독서를 하게 된다고 강조한다. 이렇게 독서가 습관
이 되면 성인이 되어서도 읽고 쓰며 생각하는 인생을 살 수 있다.
저자는 그림책을 읽고 말하게 되면 창의성을 기를 수 있고, 동

시를 읽고 말하면 그 언어의 의미를 제대로 배울 수 있다고 한다. 동화를 읽고 말하면 사고력을 키우고, 지식책으로 다양한 인지 능력을 배양할 수 있다고 강조하고 있다. 이 책을 통해 이제 아이들에게 독서 후 먼저 말하게 해보자. 친구들에게 자신의 생각을 더 잘 말하고 싶어 신나고 즐겁게 독서할지도 모른다. 말하기 독서법으로 아이들에게 책과 친해지는 기회를 주었으면 하는 바람이다.

5장

위대한
독서의 힘

지금, 책을 읽어야 하는 이유

내가 책을 읽고 글을 쓰는 이유

어린 시절부터 책을 좋아해서 독서하고 일기를 썼다. 학년이 올라가면서 성적을 올리기 위한 학교공부에 매달리다 보니 자연스럽게 멀어졌다. 입시를 위한 문학책 몇 권만 읽고 감상문을 쓴 것이 전부였다. 대학에 들어가서 판타지 소설에 푹 빠졌다. 다른 장르는 거들떠보지도 않고, 오로지 판타지 소설을 읽었다. 나도 판타지 소설을 쓰기 위해 자료수집과 기획을 끝냈지만, 끝내 스토리 부재로 마무리는 하지 못했다. 그 후로 사회생활을 하면서 바쁜 업무로 인해 개인적으로 책을 읽거나 글을 쓸 여유가 없었다.

그후로 힘든 시기를 겪었고, 그것을 극복하기 위해 다시 책을 읽기 시작했다. 독서를 통해 다시 살 수 있는 힘을 얻었다. 나와 같이 힘든 사람을 도와주기 위해 책을 내고 싶었다. 그렇게 2015년 여름 첫 책《모멘텀》원고를 쓰면서 본격적인 글쓰기를 다시 시작했다. 이후 첫 책 출간 이후 절필하려 했지만, 지금 나의 글쓰기 스승이신 이은대 작가를 만난 이후 3년이 조금 안 된 지금까지 매일 조금씩 책을 읽고 글을 쓰고 있다. 그 결과물이 책으로 엮여져 나왔다.

사람들이 모임이나 강의가 끝나면 물어본다.

'왜 그리 많은 책을 읽고 글을 쓰는지? 단기간에 책을 왜 그리 많이 냈는지?

직장생활을 하면서 그게 가능한지?'

갑작스런 질문에 생각이 나지 않아 명확하게 답변을 해 본적이 없다. 그동안 내가 왜 책을 읽고 글을 쓰는지 천천히 생각해 본 결과 아래와 같이 정리할 수 있었다.

1) 나를 제대로 알기 위해서다.

일을 하면서 불평불만을 쏟아내고 술만 마셨다. 아내와 참 많이 싸우면서 감정소모도 많이 했다. 나는 잘못한 것도 없고, 제대로 열심히 살았는데 자꾸 나쁜 결과만 일어난다고 신세한탄만 했다. 다시 책을 읽고 글을 쓰면서 나란 사람이 참 이기적이고 자기

중심적이란 사실을 제대로 알게 되었다. 이미 알고 있는데, 스스로가 인정을 못했다. 독서와 글쓰기로 지난 나의 과오와 실수를 돌아보면서 객관적으로 나를 다시 볼 수 있었다. 여전히 불완전한 사람이다. 아마도 인생이 끝나는 날까지 실수하고 잘못한 내 모습을 책과 글로 반추하는 삶을 영위하지 않을까 싶다.

2) 고민이 사라지고 마음이 편해지는 치유의 기능이 있다.

화려하고 좋았던 과거를 잊지 못하고, 보이지 않는 미래에 불안했다. 책을 읽고 글을 쓸 때는 아무 생각이 나지 않아 좋았다. 무작정 한 페이지를 읽거나 한글 창을 열고 어떤 글이라도 한 줄을 쓰게 되면 마음이 편해진다. 머리를 아프게 하던 고민도 잠깐 잊을 수 있어 좋다. 여전히 힘들면 예전 버릇대로 술잔을 기울이거나 사람을 찾아 이야기를 나누기도 한다. 그러나 독서와 글쓰기를 통해 혼자서 떨쳐버릴 수 있는 도구가 생겼다는 것이 큰 수확이다.

3) 나를 성장시켜 주는 무기다.

나약하고 참을성이 없던 나를 다시 일으켜주고, 서툰 감정과 알코올 중독에 빠진 나를 조금씩 성장시켜 준 두 개의 무기다. 다시 책을 읽으면서 살아갈 이유를 찾았고, 글을 쓰면서 나와 같은 상황에 있는 사람들을 도와주고 싶었다. 책에서 인상 깊은 구절들을 어떻게든 찾아 내 인생의 변화를 위한 실천을 했다. 글을 쓰면서 내 서툰 감정과 마음을 다스리는 연습을 했다. 아직도 서툰 처세로 실수가 잦은 사람이지만, 확실하게 예전보다 나아졌다는 것은 자신할 수 있다. 내 인생의 실패를 독서와 글쓰기가 조금씩 나를 변화시켜 주었다.

현재 독서와 글쓰기는 내 일상생활의 일부가 되었다. 물론 직장과 육아등 기본적으로 당연히 해야 한다. 그 시간을 쪼개서 어떻게든 조금씩 책을 읽고 글을 쓰고 있다. 여전히 많이 부족하다고 느끼는 사람이라 그 해답을 늘 책과 글에서 찾으려고 한다. 책은 읽으면 읽을수록 어렵고, 글을 쓰면 쓸수록 부족하다. 하지만 이제 이 두 가지를 하면서 지금 이 순간에 집중하고 몰입하는 삶을 살면서 더 이상 지나간 과거는 후회하지 않고, 보이지 않는 미래는 불안하지 않게 되었다. 죽을 때까지 책을 읽고, 글을 쓰고 싶다.

책을 읽어야 하는 이유

나약하고 참을성이 없던 나를 다시 일으켜주고, 서툰 감정과 알코올중독에 빠졌던 수렁에서 건져준 것이 바로 책이었다. 어린 시절 다양한 책을 읽었다. 역사책을 보면서 다양한 나라의 역사와 인물들의 이야기를 통해 앞으로 어떻게 사는 것이 좋은지에 대해 배울 수 있었다. 동화와 추리소설을 통해 사고력과 상상력을 키울 수 있었다. 학창시절에는 입시 위주로 책을 읽다가 성인이 되어서는 일하고 노느라 뒷전이었다.

책을 읽지 않다보니 회사 업무에서 스트레스를 받거나 인간관계에서 상처를 받아도 어떻게 문제를 해결해야 할지 몰랐다. 단지 지인이나 친구를 만나 한잔하며 하소연 하는 방법밖에 없었다. 그렇게 밤새 술만 퍼먹다가 헤어지고, 다음날 숙취로 고생하면서 근본적인 문제해결은 할 수 없었다.

다니던 네 번째 회사에서 해고를 당한 후 더 이상 어떻게 살아야할지 막막했다. 회사를 나오니 그동안 함께했던 사람들도 나를 외면했다. 인생의 방향성을 잃어버리자 살 의욕이 떨어졌다. 무기력해지고 이런 못난 내 모습을 사람들이 볼까봐 집에만 틀어박혀 있었다. 하루하루가 지옥이었다. 그러다가 언제까지 처자식을 내팽개치고 이렇게 살 수 없다는 생각이 들었을 때 **"책에서 길을 찾을 수 있다"**라는 오래전 잊고 있던 명제가 다시 떠올랐다. 책을 다시 펼쳐들었다. 다양한 저자들의 삶을 만날 수 있었다. 읽다 보니 아래와 같은 생각으로 귀결되었다.

'나만 이렇게 살고 있는 게 아니었구나! 다른 사람들도 각자의 힘든 인생 속에서도 열심히 삶을 영위하고 있구나. 인생에서 좋은 일도 일어날 수 있고, 나쁜 일도 일어날 수 있다. 다만 그것에 대해 어떻게 반응하고 받아들이는 자세에 따라 삶은 달라질 수 있다. 책을 읽으면 인생의 지혜를 배울 수 있다.'

책을 읽어야 하는 이유가 바로 여기에 있다. 지식을 얻거나 그것을 통해 사고력을 증진하는 데도 도움이 되지만, 가장 큰 이유는 인생의 지혜를 배울 수 있다. 한 권의 책은 그 책을 쓴 저자의 인생을 만나는 일이다. 내 인생에 일어난 일에 힘들어 하고 있을 때, 비슷한 인생을 겪었던 저자가 어떻게 견디고 극복했던 내용을 같이 읽으며 공감하고 위로받다 보면 자연스럽게 일어날 수 있는 용기와 지혜를 얻을 수 있다. 책을 통해 다시 한 번 힘을 얻고 긍정적인 사람으로 다시 한 번 인생에서 가장 빛나는 순간을 만들 수 있는 힘을 만들 수 있다. 나도 책을 통해 다시 한 번 인생의 돌

위대한 독서의 힘　**157**

파구를 찾을 수 있었다.

일본의 유명 작가 '후지하라 가즈히로'도 책을 읽어야 하는 이유에 대해 아래와 같이 밝히고 있다.

'책을 읽는 사람과 그렇지 않은 사람의 큰 차이는 결과물의 모습과 조각의 위치가 정해져 있는 퍼즐이 아닌 얼마든지 조각의 위치를 바꿔 나만의 주관으로 만들 수 있는 레고형 사고를 할 수 있다는 것이다.'

즉 책을 읽고 저자의 생각을 자신만의 주관으로 해석하고 다양하게 변주할 수 있다. 그것을 통해 자기 인생에 일어나는 일에 다양한 방법으로 대응할 수 있다. 책을 통해 지식을 얻는 것이 아니라 지식을 어떻게 활용할 수 있는 사고력을 키우는 것이다. 지금 당신이 책을 읽어야 하는 이유이다.

4차 산업혁명 시대,
독서만이 살길이다

제4차 산업혁명이 다가온다

몇 년 전 세계경제포럼 회장 클라우스 슈밥이 처음 언급하여 이젠 하나의 고유명사처럼 부르게 된 단어가 있다. 바로'제4차 산업혁명'이다. 그는 이전 1~3차 산업혁명보다 더 빠른 시대가 오고 있다고 밝히고, 이 시대의 핵심은 인공지능, 빅데이터, 사물인터넷, 3D프린터,등 첨단 정보기술이 경제 사회 분야에 융합되어 전방위적으로 혁신적인 변화가 일어난다는 데 있다. 이런 변화를 통해 우리는 사람과 사물, 사물과 사물 등이 모두 연결되는 초연결 시대에 살게 되었다.

이런 초연결을 통해 곧 인공지능이 사람의 지능을 능가할 수 있고, 방대한 빅데이터를 통한 분석으로 앞으로 일어나는 미래 현상도 정확하게 예측할 수 있는 것이 특징이다. 특히 로봇이나 기계가 더욱 발전하여 인간이 하던 직업을 대체하게 될 수 있다. 이전까지 인간이 직접 기계를 다루어 입력하고 어떤 결과를 도출했지만, 이제는 기계가 인공지능으로 직접 분석하여 최상의 결과를 뽑아낸다. 사람이 할 수 있는 것보다 더 빠르고 정확하게 짚어낸다.

이런 제4차 산업혁명은 피할 수 없는 우리 앞에 직면하고 있다. 이전처럼 단순하게 지식을 달달 외우고 쌓는 시대는 지났다. 모든 학문 분야의 경계가 모호해지고 융합되고 있다. 앞으로는 로봇이나 기계가 하지 못하는 학문이나 지식을 융합하여 새로운 것을 창조하는 능력이 필요하다. 무엇을 창조한다는 것은 무에서 유를 만드는 능력이다. 스티브 잡스가 기존 휴대폰에 인터넷을 결합한 아이폰을 출시하여 스마트폰 세상을 개척하는 것이 그 좋은 예이다.

지금까지 단편적으로 지식을 주입하고 달달 외우는 교육으로 창의력을 키울 수 없다. 교육열이 대단하고 똑똑하기로 유명한 우리나라에서 노벨상 수상자가 없다는 것이 이 사실을 반증한다. 이런 창조력을 키우기 위해서는 스스로 고민하여 문제를 해결하고 다르게 생각해야 한다. 그럼 다르게 생각하기 위해서는 무엇이 필요할까? 결국 독서가 답이다.

책을 읽고 어떤 지식을 습득하여 자신만의 방식으로 생각하여 응용하고 가공하는 것이 창의력을 발전시키는 가장 쉬운 방법이다. 어떤 한 문제나 사물에 대해 다양한 시각에서 접근하여 책에 나오는 관점으로 똑같이 보거나 또는 뒤집기도 하면서 생각하다 보면 자연스럽게 사고력이 확장된다.

4차 산업혁명에 대비하는
효율적인 독서 방법은?

앞으로 4차 산업혁명은 필자와 같은 성인에게도 중요하지만, 자라나는 다음 세대의 아이들이 더 중요하다. 아이들에게 창의력을 키우기 위한 독서 방법으로 역시 5장에서 소개한 선택-읽기-정리-기록-실천의 5단계 독서를 먼저 사용하고, 추후 각 단계별로 질문을 던져 같이 생각하고 답을 하는 '질문 독서법'이 더 유용하다.

이런 '질문 독서법'은 여러 독서법 책에서도 많이 소개가 되었지만, 다르게 생각할 수 있는 나만의 '질문 독서법'은 다음과 같다.

1) 책을 읽기 전의 질문

- 표지와 목차만 보고 과연 이 책이 전달하는 메시지는 무엇인가?
- 이 책의 주제와 이미 알고 있는 내 지식과 어떤 관련이 있을까?

2) 책을 읽는 중의 질문

- 본문에서 느끼는 인상적이고 감명 깊은 구절에 대한 본인의 느낌, 생각은 어떤가?
- 책에서 던지고 있는 메시지들이 책의 전체 내용과 잘 어울리는가?
- 저자가 주장하는 주요 내용에 대해 견해가 다르다면 왜 그렇게 생각하는가?
- 내가 저자의 입장이라면 책에서 주장하는 문제에 대해 어떻게 풀어나갈 수 있을까?

3) 책을 읽은 후의 질문

- 책을 읽기 전과 읽고 난 후의 느낌과 소감은 어떤가?
- 읽기 전, 읽으면서 생각했던 책의 핵심 메시지가 무엇이고 한

줄로 정리할 수 있는가?

- 이 책에서 내 삶에 적용할 수 있는 부분이 있는가?
- 저자가 이야기하고자 했던 내용과 생각이 다르다면 그 이유 는 무엇인가?

위의 세 단계로 혼자 정리해보고 다른 사람들은 어떻게 생각하 는지 서로 의견을 나누고 토론하는 것이 중요하다. 이런 '질문 독 서법'을 통해 책을 읽고 생각하고 정리하다 보면 자연스럽게 창 의력을 길러질 수 있다. 어떤 대상을 다르게 보고 생각할 수 있는 능력만 있으면 앞으로 변화하는 제4차 산업혁명에 잘 대처할 수 있다.

내 삶의 변화들

책을 읽기 전에는

책을 읽기 전의 내 삶은 직장 업무와 음주가무가 주된 일상이었다. 먹고 살기 위해 적어도 일하면서 욕은 먹지말자는 주의라 주어진 업무는 열심히 수행했다. 그러나 가끔 발주처와 지자체의 갑질과 끊임없이 반복되는 바쁜 업무에 스트레스만 늘어갔다. 그것을 풀기 위해 일이 끝나면 늘 회사 동료들이나 지인, 친구들과 번갈아가며 술만 마셨다. 마시는 동안 잠깐 잊을 수 있었지만, 근본적인 해결책은 될 수 없었다. 늘 불평불만을 달고 살았다. 계속 이런 생활을 할 수 있을지 막막하고 불안했다. 마음이 복잡하고 생각이 많다보니 일에 집중하기가 어려웠다. 그렇게 몇 년을 지내다가 여러 문제가 터져 결국 다니던 회사에서 쫓겨나게 된 것이다.

책을 읽고 난 후의 변화

우울증과 무기력함이 겹쳐서 몇 달 동안 칩거했다. 다시 살기 위해 시작했던 독서는 내 인생의 변화를 조금씩 가져왔다.

1) 저지르고 실행하게 되었다.

영어나 운동을 해야겠다고 생각에만 머물렀다. 무엇을 해야겠다고 계획을 세웠지만, 미루다 아무것도 하지 않았다. 아무것도 하지 않으니 어떤 결과도 없었다. 여러 자기 계발서를 통해 일단 시작하는 게 중요하다는 것을 알게 되었다. 다시 취업을 하고 헬스장으로 일주일 3회 이상은 무조건 가서 운동을 시작했다. 시간과 비용의 제약을 고려하여 영어를 배우기 위해 온라인 영어학원에 등록했다. 일주일 3회 10분 동안 원어민 선생님과 영어로만 수업하는 형식으로 5년 이상 지속하고 있다. 책을 읽고 난 뒤 실행의 중요성을 알게 되었다.

2) 글을 쓰는 작가가 되었다.

가장 힘든 시기에 만난 자기계발서, 에세이 등의 독서를 통해 나도 인생이 힘들거나 지친 사람들을 위해 책을 쓰고 싶은 꿈이 생겼다. 어린 시절부터 막연하게 책을 좋아하며 품었던 작가의 꿈에 한번 도전하고 싶었다. 아무것도 모르다 보니 주변의 글쓰기 수업을 듣고, 직장생활과 가사, 육아 등을 제외하고 원고 초안 작성에만 몰두했다. 그렇게 미친 듯이 몰두하여 두 달 만에 초고 작성을 끝내고, 험난한 투고를 통한 계약 및 퇴고를 거쳐 내 인생의 첫 책 《모멘텀》을 2016년 4월에 출간했다. 인생에서 가장 힘든 시기가 오더라도 모멘텀(=터닝 포인트)을 찾아 자신만의 멋진 인생을 살아가라는 메시지를 담은 책이다. 그후 3년 동안 6권의 책을 쓰고 출간했다. 책을 읽는 독자 입장에서 글을 쓰는 작가가 될 수 있었던 것은 역시 독서의 힘이었다.

3) 힘든 사람에게 도움을 주는 동기부여 강연가가 되었다.

책을 출간하고 나서 여러 모임에서 동기부여 강연을 하게 되었다. 《모멘텀》, 《미친 실패력》의 자기계발서 출간 이후 각각 《인생의 모멘텀 (=터닝포인트) 찾기》 및 《실패를 두려워하지 않는 인생》이란 주제로 35살에 나락으로 떨어져 힘들고 지쳤던 나와 같은 사람들에게 힘을 주고 싶었다. 창원 최대 자기계발모임을 이끌고 있는 윤효식 대표의 소개로 첫 동기부여 강연을 시작으로 많은 분들이 기회를 주셔서 지금까지 30여 차례 강연을 진행했다. 강연 시작 전 나를 쳐다보는 사람들을 볼 때마다 내가 가진 메시지를 진심으로 전달하겠다는 강렬한 마음이 든다. 강연이 끝나고 힘을 얻을 수 있다는 피드백을 들을 때마다 진짜 살아있다는 느낌이 들고, 잘 들어준 분들에게 진심으로 감사했다. 이렇게 강연을 할 수 있게 된 계기도 다 독서의 힘이었다.

4) 콘텐츠와 지식 및 경험을 나누어 주는 강사가 되었다.

《백만장자 메신저》(구제목 《메신저가 되라》) 및 《배움을 돈으로 바꾸는 기술》 등 읽고 내가 가진 지식과 경험을 남들에게 나누고 싶었다. 이런 사람을 이 책들에서 "메신저"라고 정의하고 있다. 누구나 자신만이 알고 있는 지식이나 경험을 사람들에게 전달하고 나누는 새로운 직업이라고 보면 된다. 현재 나는 책을 읽고 쓰는 경험을 바탕으로 '독서법 및 서평 글쓰'특강을 소규모로 열고 있다. 또 대학에서 전공한 도시공학(도시계획)을 바탕으로 15년째 토지(땅) 개발 및 인허가등 규제사항 및 개발방안 검토 일을 수행하고 있다. 이런 경험을 가지고 땅을 모르는 사람들에게 토지기초지식과 활용방안을 알려주는 '토지왕초보특강'을 3년째 강의하고 있다. 이렇게 콘텐츠를 만들고 강의를 할 수 있었던 힘도 다 책을 읽고 나서 배운 결과이다.

5) 기복이 심했던 감정과 마음이 편해졌다.

몇 년 전까지만 하더라도 조금만 누가 뭐라 하면 화가 먼저 나고 감정 컨트롤이 잘되지 않았는데, 지금은 예전처럼 감정의 동요가 심하지 않다. 내 할 일을 하다가 어떤 실수를 하여 혼나도 그렇게 억울하지 않고, 좋은 일이 생겨도 별로 들뜨지 않는다. 그냥 내 일상에 일어나는 모든 일을 담담하게 받아들이는 연습을 하고 있다. 앞으로 남은 인생에 또 어떤 좋은 일과 나쁜 일이 기다리고 있을지 모르지만, 확실한 건 상당히 불안정했던 감정의 폭이 조금은 안정되고 마음은 편안해졌다. 이것도 책을 읽으면서 마음을 비워내는 연습을 계속 한 덕분이다.

6) 같은 꿈을 꾸는 새로운 사람들을 만났다.

책을 읽고 글을 쓰기 시작하며 같은 꿈을 꾸는 사람들을 많이 만났다. 자기계발을 열심히 하는 사람들을 보면서 많은 자극을 받았다. 꿈과 관심사가 비슷한 사람들끼리 모이다 보니 긍정적이고 좋은 에너지를 서로 받을 수 있어 좋았다. 이것도 역시 독서의 힘이 아닐까 싶다.

이처럼 독서는 내 삶에 많은 변화를 가져왔다. 당장 돈을 많이 버는 등 360도로 확 바뀐 것은 아니지만, 그래도 책을 읽으면서 내 인생에 있어서 전보다 다른 긍정적인 효과를 가져온 것은 사실이다. 나는 오늘도 조금씩 책을 읽는다.

책을 읽는 사람이
결국 승리한다

독서로 승리한 위인들

역사적으로나 현재 성공 가도를 달리고 있는 인물들을 살펴보면
공통점이 있다. 책을 가까이에 두고 틈나는 대로 읽었다는 점이다.
어떤 인물이 있는지 한번 살펴보자.

1) 링컨

19세기 미국 제16대 대통령으로 취임하여 그 당시 큰 문제였
던 흑인의 노예해방을 이끌었던 에이브라함 링컨. 그는 '실패의
아이콘'이라 불렸다. 가난한 집안에서 태어나 제대로 된 학교 교
육을 받지 못한 그가 미국의 최고 권력자로 올라간 원동력은 바로

독서였다. 그가 어린 시절 돌아가신 어머니가 입버릇처럼 하던 말씀이 "육체의 건강을 위해서는 음식, 정신의 건강을 위해서는 **책이 필요하다**"였다.

이 말씀을 평생 가슴에 간직하고 살면서 어려운 환경에서도 자신의 꿈을 이루기 위해 매년 엄청난 책을 읽었다고 전해진다. 대통령에 오르기까지 수많은 낙선과 재정 실패 등을 겪었지만 독서로 정면 돌파했다. 대통령에 오르고 나서도 책을 손에 놓지 않았던 그는 결국 인생의 승리자로 남았다.

2) 세종대왕

지금 이렇게 한글로 편하게 원고를 쓰게 있게 해준 조선시대 최고의 명군 세종대왕도 지독한 독서광으로 알려져 있다. 조선 초기 왕권 강화에 힘썼던 3대 태종 이방원의 셋째아들로 태어났다. 그의 형이자 처음 세자였던 양녕대군이 태종의 눈밖에 나서 폐위되고 다음 왕위를 물려받을 후계자로 떠오른 가장 큰 이유도 독서였다.

어린 시절부터 호기심이 많아서 책을 통해 궁금증을 풀었다. 책을 너무 좋아해서 밤낮을 가리지 않고 읽다가 눈병에 걸리기도 했다. 이 사실을 알고 아버지 태종은 세종이 기거한 방에 있는 모든 책을 치우라고 하기도 했다고 전해진다. 왕에 오르고 나서도 책을 읽고 신하들과 토론하는 것을 즐기는 정치를 펴기도 했다. 그것이 한글창제라는 결과로 이어지며, 오늘날 우리가 편하게 한글로 책을 보는 호사를 누리고 있다. 세종의 지독한 독서가 조선시대초기 나라의 기틀이 잡히고 태평성대를 가져왔다.

3) 연암 박지원

역시 가난한 집안에서 태어나 15살이 될 때까지 제대로 공부를 하지 못했던 연암 박지원. 이듬해 혼인 후 비로소 장인어른을 만나 그를 통해 책을 읽는 참맛을 알게 된다. 이후 엄청난 독서광이 된 박지원은 '양반전', '열하일기' 등 당대 최고의 베스트셀러 작품을 쏟아냈다. 지금도 다산 정약용과 더불어 읽고 쓰는 삶의 표본이 된 그는 주로 나라에 보탬이 되는 실용적인 책을 많이 읽고 사색했다. 그는 책을 천천히 읽고 관찰하면서 반드시 그 책에 대한 느낌이나 새로운 생각을 정리했다.

4) 다산 정약용

조선 후기 최고의 실학자 다산 정약용도 책을 많이 읽은 인물로 알려져 있다. 과거급제 이후 정조의 총애로 수원성을 축조하고 다양한 분야에 실학을 적용하였지만, 천주교 파문시 오랜 귀양살이를 하게 된다. 18년 유배생활 동안 500여권 책을 집필할 수 있었던 것도 역시 독서였다.

어린 시절 어머니를 여읜 슬픔을 책을 읽으면서 잊었다고 전해진다. 집에 있는 모든 책을 읽자 외가의 책을 모조리 빌려 또 읽었다고 한다. 그 당시 유명학자들이 그에게 책 내용 일부를 질문하지만 막힘없이 대답하는 모습에 감탄했다는 일화는 유명하다. 또 유배생활 시 매일 양반다리로 독서와 글쓰기를 멈추지 않아 복사뼈에 세 번이나 구멍이 났다라는 이야기도 그가 얼만큼 치열하게 책을 읽었는지 잘 보여준다.

책을 읽는 사람은 결국 승리한다

꼭 역사적인 위인이 아니더라도 요새 주변만 보더라도 책을 읽는 사람이 결국 성공하고 인생에서 승리하는 경우를 많이 보았다. 평범한 나조차도 다시 책을 읽고 나서 인생의 변화를 조금씩 느끼는 중이다. 인생의 쓴맛을 보고 나서 다시 일어날 수 있는 가장 쉬운 무기가 바로 독서다. 일본의 유명한 베스트셀러 작가이자 강연가로 유명한 사이토 다카시도 "독서가 인생을 변화시켰으며 그래서 후회없는 인생을 살고 있다고 말하는 사람들의 공통점은 꾸준히 책을 읽는다는 것이다."라고 이야기한다.

책을 읽다가 말다가 하는 것이 아니라, 진짜 자기 인생을 바꾸기 위해서는 매일 조금씩이라도 읽는 자세가 더 중요하다. 책을 싫어하는 사람도 앞에 소개한 책과 친해지는 방법으로 독서를 운동처럼 하나의 습관으로 만들어서 매일 한 두 페이지라도 읽다보면 마음가짐이 조금 달라질 수 있다.

직장인도 책을 읽은 사람과 그렇지 않은 사람을 비교하면 연봉이 달라질 수 있다. 무슨 책을 읽는다고 갑자기 버는 돈 액수가 달라지냐고 반문할 수 있다. 주변 지인 중에 직장에서 초고속 승진을 한 사람이 있다. 입사 초기부터 관련 업무, 직장인 처세, 인문학 및 커뮤니케이션 등 책을 두루 섭렵하며 읽었다. 직급이 낮은 사원, 대리 시절은 시키는 일만 잘 하면 되어 크게 두각이 나타나지 않았지만, 점차 성과를 인정받아 동기보다 잘 나가게 되는 결과를 보였다. 알고 보니 독서를 통해 인간관계와 커뮤니케이션 스킬을 탑재하고, 관련 업무의 전문성도 탁월해 진 것이다. 책을 읽고 조금이라도 바꾸기 위한 그의 노력이 결국 빛을 발했다.

"한 문장이라도 매일 조금씩 읽기로 결심하라. 하루 15분씩 시간을 내면 연말에는 변화가 느껴질 것이다."라는 호러스 맨의 말처럼 한 구절이라도 읽는 습관을 들여다보자. 결국 책을 읽다 보면 자기 인생의 변화와 함께 승리자가 될 수 있다. 오늘도 나는 책을 읽는다.

실패를 넘어서는
위대한 독서의 힘

실패와 독서의 상관관계

인생을 살다보면 성공도 하지만 실패를 하는 경우가 더 많다. 나만 봐도 대학 졸업반 시절취업을 하기 위해 여러 유수 기업에 지원했지만 다 실패했다. 노선을 바꾸어 결국 작은 설계회사에서 사회생활을 하기 시작했다. 그 당시엔 내 실력을 과대평가하여 작은 설계회사에 다니게 된 것을 조금 못마땅했다. 그런 마음으로 일을 하니 회사에 애정을 가질 수 없었다. 월급까지 밀리니 어떻게 해야 할지 난감했다. 이런 문제가 생기고 실패에 대해 극복하는 방법을 몰랐다. 그냥 눈에 보이고 어디서 주워들은 얕박하고 쉬운 방법만 생각났다.

일단 대학시절 했던 뷔페 알바를 주말에 다시 시작하면서 주중 회사 차비와 식비를 충당했다. 돈은 나오지 않지만 회사를 다녀야 기술직 경력을 계속 유지할 수 있기 때문에 만든 궁여지책이었다. 어떻게든 회사에 붙어 있어야 나중에 사정이 좋아질 때 밀린 월급이라도 받을 수 있다고 생각했던 것이다. 그 생각은 오판이었다. 결국 그 당시 밀렸던 6개월 월급은 14년이 지난 지금까지도 받지 못했다. 다행히도 같이 근무한 소개로 상황이 더 나은 회사로 이직했다.

그러나 그 뒤로 이런 일이 빈번했다. 월급이 밀리거나 상사에게 부당한 대우를 받는다고 느끼면 바로 사직서를 던졌다. 이렇게 여러 번의 이직을 하면서 어디에도 안착하지 못한 채 꽤 오랫동안 방황했다. 실패를 하는 것도 좋지만 같은 실패를 반복하는 것이 가장 어리석은 일이다. 나는 그 반복을 계속 하고 있었다. 이 반복이 쌓여 8년 전 겨울 결국 인생의 가장 큰 실패를 겪었다. 내 인생은 끝났다고 생각했고, 이에 따른 후폭풍은 상당했다. 모든 일이 하기 싫었고, 절망감과 무기력함만 느낄 뿐이었다.

다시 그 실패를 딛고 일어서고 싶어 생존독서를 시작했다. 책을 읽고 또 읽으면서 지나온 나의 인생을 돌아보게 되면서 드는 생각은 하나였다.

'진작에 책을 읽을 걸…'

책 속에 답이 있었다. 직장에서 일하고 받는 월급, 즉 노동수입이 돈을 벌 수 있는 유일한 수단인줄 알았다. 월급이 밀릴 것을 대비하여 미리 자산수입을 만들거나 재정이 탄탄한 회사로 이직을 하든가 등의 내용이 책에 담겨져 있었다. 책을 미리 읽었다면 실패하기 전에 미리 대비할 수 있었을 텐데 라는 생각이 들었다. 혹은 실패했더라도 조금 더 현실적인 방법을 찾을 수 있었을 것이다. 이제는 알고 있다. 실패를 넘어서는 기술이 바로 이 위대한 독서의 힘이라는 것을.

위대한 독서의 힘

어린 시절 성폭행을 당하고 술과 마약에 찌들다가 뒤늦게 아버지의 권유로 책을 읽고 서평을 쓰기 시작한 한 여자도 이렇게 이야기한다.

"나도 책을 통해 인생에 가능성이 있다는 것과 나처럼 세상에 사는 사람이 또 있다는 사실을 알았다. 책을 읽는 행위는 내게 희망을 주었고, 열린 문과 같았다."

인생의 원망을 책을 통해 삶의 힘을 얻었던 그녀는 지금은 전세계에서 영향력이 제일 큰 사람이 된 바로 '오프라 윈프리'이다. 그녀의 인생역전을 보면서 나도 실패하고 절망했던 시기를 독서를 통해 벗어날 수 있었다. 책을 통해 저자가 어떤 방법과 지혜로 극복하거나 나쁜 상황에서도 받아들이는 방법 등을 배울 수 있었다.

책을 출간하고 자기계발 모임에 참여하면서 개인적으로 알게 된 저자들이 많다. 특히 인생에 힘들고 지친 시기를 나처럼 독서를 통해 극복한 분들이 많다.

잘 나가는 대기업 직장인이었다가 한 순간의 실수로 모든 것을 잃고 저 어두운 곳에 갔다가 거기서 만난 독서와 글쓰기로 지금은 우리나라 최고의 글쓰기 강사와 작가로 살고 있는 이은대 작가, 반복되는 직장생활과 독박육아, 학력 콤플렉스에 시달리다가 3년 동안 천권의 책을 읽은 후 멋진 작가와 직장인으로 열정적으로 살아가는 전안나 작가. 고교시절 문제아에서 엄청난 독서와 실행력을 통해 자기계발 선두주자로 떠오른 초인용쌤 유근용 작가 등…

그들도 모두 책을 통해 인생을 역전시키고 자신만의 모멘텀으로 열정적으로 살아가고, 많은 사람들에게 위대한 독서의 힘을 전파하고 있다. 지금 인생에 실패했다고 주저앉지 말고 당장 서점이나 도서관으로 달려가자. 거기에서 지금 내가 겪고 있는 실패나 문제를 담고 있는 책을 찾아보고, 한 장씩 조금이라도 읽어보자. 그 안에서 이미 찾고자 하는 답이 있을지 모른다. 믿어라. **인생을 바꾸고 실패를 넘어서는 기술이 바로 이 위대한 독서라는 것을.**

지금 힘든 당신 책을 만나자!

작년 초 문화체육관광부가 발표한 2017년 우리나라 성인 1년 간 평균 독서량은 8.3권이다. 1년 12달을 기준으로 1권도 읽지 않 는다는 것을 보여주고 있다. 이처럼 독서량이 적은 이유는 찾아보 니 인터넷과 유튜브 등을 통해 영상으로 정보를 찾고 보는 것이 익 숙해지고, 일상이 바빠 시간이 없다는 것이다.

하지만 앞으로 다가오는 아니 지금 진행 중인 제4차 산업혁명 시대에 대비하기 위해서라도 책을 조금씩 읽는 습관을 가져야한 다. 새로운 시대에 이젠 한 분야가 아닌 모든 학문이 융합되는 세 상에서 스스로 생각하고 살아가는 방법이 중요해졌다. 스마트폰 이나 인터넷 등을 통해 쉽게 정보를 얻을 수 있지만, 그 안에서 자 신에게 필요한 정보를 추려서 필요한 지식이나 지혜를 구하기 위 해서 자신의 생각을 잘 정리해야 한다. 그 방법을 얻기 위해 유일 한 방법은 책을 읽고 쓰고 생각하는 행위다. 독서를 하지 않으면 대처할 수 없는 세상이 되었다.

많은 사람들이 새해가 되면 자기계발을 위해 가장 먼저 시작하는 것이 독서와 외국어 배우기, 운동이라고 한다. 이 세 가지가 자기를 성장하기 위해 쉽게 접근할 수 있고 간단한 도구이기 때문이다. 특히 이 셋 중에 독서가 가장 쉽게 시작할 수 있다. 외국어 학습과 운동은 긴 시간을 투자하여 오랫동안 해야 결과가 나오지만, 책은 한 권을 언제 어디서는 읽을 수 있다.

책을 읽는다는 의미와 목적은 무엇일까? 내가 책을 읽는 이유는 불완전한 나를 돌아보고 인생의 지혜를 얻고자 함이다. 8년 전 인생에서 가장 힘든 시기를 겪었을 때 다시 살기 위해 미친 듯이 책을 읽었다. 그 당시 나에게 독서의 의미는 생존이자 변화였다. 어떻게 하면 인생을 바꿀 수 있을까에 대한 답을 구하는 과정이

였다. 지금은 이제 습관이 되어 일주일에 적어도 2권은 시간을 내어 책을 읽고 있다.

사람들이 책을 읽는다고 하나, 읽는 행위에서 끝나는 경우가 많다. 그냥 글자와 문장을 눈으로만 읽고 한 권을 다 읽었다고 생각하고 다른 책으로 넘어간다. 방금 읽었던 책의 내용을 물어보면 기억나는 부분이 많지 않다고 대답한다. 다시 저자가 이 책을 왜 썼는지와 전하는 핵심 메시지나 키워드를 물어보면 장황하게 설명하거나 대답을 못하기도 한다. 왜 이런 일이 발생할까? 스스로 생각을 하지 않고 책을 읽다보니 정리도 되지 않기 때문이다.

진짜 독서의 의미는 이 책을 읽으면서 저자의 의도를 파악하고 핵심 키워드나 메시지를 찾아 내 인생에 적용 또는 실천하는 것이다. 책을 통해 얻은 몰랐던 지식을 실생활에 적용하여 변화를 가져올 수 있다. 또 인생에서 어떤 문제가 생겼을 때 책으로 얻은 지혜를 활용하여 헤쳐 나갈 수 있다.

꼭 그것이 아니더라도 독서는 인생을 변화시킬 수 있는 가장 간단하면서 강력한 무기다. 누구나 쉽게 접근할 수 있다. 도서관이나 서점에 가서 자기가 보고 싶은 책을 골라 읽으면 그만이다. 그 안에서 저자를 만나서 그가 하는 이야기를 통해 나를 돌아보고 방법을 찾을 수 있다. 이 책에서 제시한 한 달에 2권 읽기, 다시 보름 안에 1권 정도로 읽고 정리하고 실천하다 보면 금방 책과 친해질 수 있다고 생각한다.

한 권을 다 읽고 이렇게 하는 것이 어렵다면 단 한 페이지 아니 한 줄이라도 읽고 그것을 자신의 삶에 적용하여 변화를 가져오는 것이 가장 중요한 독서의 의미라고 생각한다. 어제보다 조금 더 나은 오늘을 살고 싶다면 부디 하루에 한 줄, 한 페이지라도 읽는 습관을 가져보자. 그리고 인생에 실천하여 조금씩 바꾸어보는 노력을 해보자. 그 한 줄, 한 페이지가 모이다 보면 언젠가는 인생의 근사한 페이지를 만날 수 있을 테니. 지금 바로 오늘이 책 읽기 좋은 날이다.

지금 힘든 당신,
책을 만나자!

초판 1쇄 인쇄 _ 2020년 5월 15일
초판 1쇄 발행 _ 2020년 5월 20일

지은이 _ 황상열

펴낸곳 _ 바이북스
펴낸이 _ 윤옥초
책임편집 _ 김태윤
책임디자인 _ 이민영

ISBN _ 979-11-5877-164-5 03800

등록 _ 2005. 7. 12 | 제 313-2005-000148호

서울시 영등포구 선유로49길 23 아이에스비즈타워2차 1005호
편집 02)333-0812 | **마케팅** 02)333-9918 | **팩스** 02)333-9960
이메일 postmaster@bybooks.co.kr
홈페이지 www.bybooks.co.kr

책으로 아름다운 세상을 만듭니다. — 바이북스

미래를 함께 꿈꿀 작가님의 참신한 아이디어나 원고를 기다립니다.
이메일로 접수한 원고는 검토 후 연락드리겠습니다.